마녀

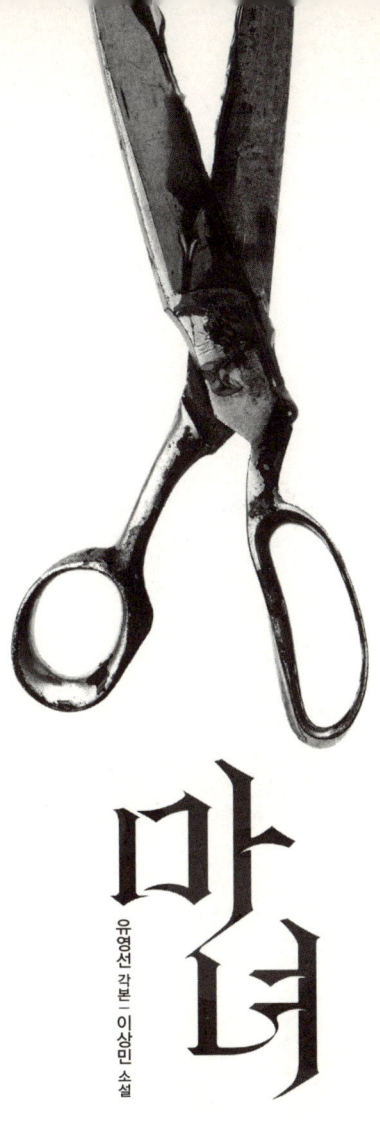

마녀

유영선 각본 · 이상민 소설

가연

| 차례 |

서서히 감각이 돌아왔다.

후각, 청각, 시각.

약에 취해 마비되었던 모든 감각이 깨어나기 시작했다.
하지만 두 손목과 두 발목이 굵은 줄로 묶여있어 옴짝거릴 수도 없었다.
완전히 결박당한 채, 차디찬 거실바닥에 누워있었다.

이곳은 '마녀의 집'이다.

불편한
아이

불편한 아이

이선은 이력서를 다시 한 번 훑어보았다.

맞은편에는 오늘의 마지막 면접자가 다소곳이 앉아있다. 요즘 젊은 사람답지 않게 과하지 않은 수수한 옷차림에 차분해 보이는 인상이 마음에 들었다. 앞서 만난 면접자들은 지나치게 튀거나 너무 개성이 넘쳤다. 팀장인 이선의 입장에선 다루기 쉽지 않겠다는 인상을 주는 사람들이 대부분이었다. 그래서 상대적으로 조용하고 차분해 보이는 이 마지막 면접자가 마음에 들었는지도 모른다. 무엇보다 착할 것 같이 생겼다. 착하면 다루기가 쉽다.

"세영 씨는 착할 것 같애."

이선은 웃으면서 속내를 감추지 않고 말했다.

"제가요?"

세영은 수줍게 웃고는 머쓱한 표정으로 되물었다.

"응. 느낌이 좋아."

이선은 고개를 끄덕였다.

칭찬에 익숙하지 않은지 세영은 어깨를 으쓱해보였다. 그래, 이런 친구들이 자기주장도 거의 하지 않고 시키는 일도 잘하는 편이지. 이선은 맘에 든다는 듯 흡족하게 웃으며 세영을 바라보았다.

"사실…… 저 되게 못됐어요."

세영은 고개를 살짝 저으며 나직한 목소리로 말했다.

"정말?"

이선이 의외라는 듯이 되물었다.

"예…… 저 많이 사악해요."

"그렇게 솔직히 말하니까 나는 더 마음에 드는데?"

세영은 말없이 웃기만 했다.

"세영 씨는 왜 우리 회사에 지원을 했죠?"

이선이 물었다.

"회사 분위기도 따듯하고 좋아 보이고, 또 팀장님도 좋은 분 같으셔서요. 이곳이라면 저도 사랑받지 않을까 하고요."

"따듯하고 좋다…… 틀린 말은 아니네."

그래, 너는 합격.

이선은 세영을 바라보다가 자리에서 일어났다. 그러고는

웃으면서 다가가 세영에게 악수를 청했다.

"우리 잘 지내봐요."

세영은 머뭇거리며 이선의 손을 잠시 바라보았다. 어떤 의미를 담은 제스처인지 몰라서 혼란스러워하는 것 같았다. 그러다가 이선이 웃으면서 손을 더 내밀자 그때서야 파악하고 조심스럽게 손을 맞잡았다.

"잘 부탁드려요, 팀장님."

세영이 수줍게 웃으면서 말했다.

"나야말로 잘 부탁해."

그리고 내 말도 잘 따라주고. 말로 표현하지 않았지만 이 아이라면 그렇게 해줄 거라고 이선은 믿었다.

**

"신세영! 너, 정신 있는 거야?"

팀장의 신경질 섞인 목소리에 세영은 깜짝 놀라 고개를 들었다. 이선이 눈을 부릅뜬 채 세영을 노려보고 있었다. 세영은 주변을 의식했는지 쭈뼛거리며 자리에서 일어나 이선에게 다가갔다.

"지금 이걸 결제해 달라고 올린 거야?"

이선은 들고 있는 서류뭉치를 책상 위에 패대기치며 날카롭게 소리를 질렀다. 조금 전에 세영이 결제를 받으려고 제출한 서류들이었다. 사무실의 모든 시선이 세영에게 쏟아졌다. 쟤는 또 무슨 잘못을 저지른 것일까. 하나같이 조롱 섞인 시선들이었다. 단 한 사람, 청일점인 민호만 빼고.

"죄송합니다, 팀장님."

모멸감 때문인지 세영은 지그시 아랫입술을 깨물고는 이선에게 고개를 숙여보였다. 이선은 그런 세영이 한심한지 혀를 찼다.

"죄송? 지금 이게 죄송하다는 말로 끝날 일이야?"

이선은 기가 차다는 듯 콧방귀를 뀌었다.

"......"

"대학을 나오면 뭐해. 엑셀, 파워포인트, 뭐 제대로 하는 게 하나도 없잖아. 대체 잘하는 게 뭐니."

이선은 한숨을 내쉬었다. 첫인상은 말 그대로 첫인상에 불과했다. 착하고 말 잘 들을 거라고 여겼는데 겪어보니 전혀 그렇지 않았다. 그냥 매사에 맹하고 갑갑했다. 벌써 입사를 한지도 몇 달이나 지났는데 업무 파악은커녕 기본적인 문서 작성도 제대로 하는 걸 보지 못했다. 어쩌다가 이런 영양가 제로의 무능한 아이를 뽑았을까. 할 수만 있다면 시간을 되돌리고 싶었다.

"죄송합니다."

세영은 풀죽은 목소리로 사과하며 다시 고개를 숙였다.

"뭐야. 죄송하다는 말 밖에 못해?"

이선이 쏘아붙였다.

"아뇨."

"하여간에, 말대답은……"

"다음부턴 잘하겠습니다."

계속되는 면박에 자존심이 상했는지 세영은 다소 굳은 얼굴로 말했다. 그런 태도가 이선의 눈에는 반항으로 보이는 듯했다. 이선은 못마땅한 듯 입술을 씰룩이더니 눈을 흘기며 퉁명스럽게 물었다.

"다음 언제?"

"그건……"

"언제까지 해올 건데? 말해봐, 오늘 밤 8시가 마감인데, 시간 안에 이거 다 해올 수 있어?"

이선은 세영의 말허리를 자르며 매몰차게 몰아붙였다.

"노력해 보겠습니다."

"노력? 지금 할 노력을 아깐 왜 안 했는데?"

이선은 조소를 머금으며 되물었다.

"아까보다 더 노력하겠습니다."

또 말을 끊을까봐, 세영이 곧바로 대꾸했다.

"어떻게 노력할 건데?"

"예?"

세영이 당황한 얼굴로 되물었다.

"아까보다 더 노력한다며. 그러니까 그게 얼마만큼 노력할 수 있는데? 뭐, 목숨이라고 걸 수 있어?"

"목숨이요?"

이번에는 세영도 다소 놀란 모양인지 목소리가 갈라졌다. 이선은 그런 세영을 재미있다는 듯이 바라보았다.

"왜? 겁나? 목숨도 못 걸면서 무슨 노력을 하겠다는 거야?"

이선이 다그치자 세영은 고민에 빠졌는지 입을 다물었다.

"내 참 어이가 없어서. 그걸 또 고민하고 있네. 그런 근성으로 참 잘도 하겠다."

"……."

말문이 막혔는지 세영은 계속 난감한 표정만 짓고 있었다.

문득 재미난 생각이 떠올랐는지 이선이 의뭉스러운 미소를 짓더니 세영에게 새끼손가락을 펴보였다.

"그래, 목숨이 좀 그러면 손가락은 어때?"

다시 팀원들의 시선이 세영에게 쏠렸다. 어떤 대답을 할지 기대된다는 표정으로.

"손가락을요?"

세영은 당황한 얼굴로 되물었다.

"응, 손가락. 그 정도면 괜찮지 않아?"

이선은 어린애를 놀리듯이 물었다.

세영은 잠시 고민에 빠졌다. 이선의 장난을 심각하게 받아들이는 것 같았다. 사이를 두고 세영이 비로소 입을 열었다.

"예, 알겠습니다. 손가락 걸게요."

정색한 얼굴, 진지한 목소리.

의외의 반응이었기에 이번에는 이선이 당황했다. 하지만 팀원들 앞에서 밀리는 모습을 보이곤 싶진 않아서 헛기침을 하고는 애써 태연한 척했다.

"그래? 좋아. 그럼, 8시까지 못 끝내면 세영 씨 손가락 하나 포기하는 거야."

"예."

이선은 세영의 눈치를 흘끗 살피고는 서류뭉치를 들이밀 었다.

"뭐해? 손가락 짤리기 싫으면 빨리 가서 일 해야지."

세영은 서류뭉치를 받아들고는 조용히 돌아섰다. 그런데 무슨 생각에선지 자리로 돌아가다 말고 홱 돌아서더니 다시 이선에게 걸어왔다.

"저……."

팀원들을 의식했는지 세영이 나직한 목소리로 운을 떼었다.

"또 뭐?"

이선은 팔장을 끼고 용건이 남았냐는 듯이 물었다.

"그럼 만약 제가 시간 맞춰서 일을 끝내면 팀장님은 어떻게 하실 거죠?"

세영은 조금 전과는 다르게 당당한 태도로 물었다.

"뭐? 그게 무슨 소리야?"

이선은 뭐 이런 애가 다 있냐는 얼굴로 세영을 쳐다보았다. 세영은 아랑곳하지 않고 생각에 잠기더니 정색하며 말을 이었다.

"제 생각엔…… 팀장님도 손가락을 거시는 게 맞는 게 아닌가 싶어서요."

이선은 말문이 막혀버렸다. 그러거나 말거나 세영은 사뭇 진지한 얼굴로 이선에게 물었다.

"그게 공정하지 않을까요, 팀장님?"

이번에는 사무실 동료들의 시선이 이선에게 향했다.

이선은 열이 오른다는 듯 손부채질을 하며 세영을 바라봤다. 세영은 여전히 무표정한 얼굴로 이선의 대답을 기다렸다.

"나 참, 이런 어처구니없는 얘기는 또 처음이네. 뭐하자는 거야, 지금. 그래 어디 한번 풍지박산을 내보겠다?"

이선은 팀장의 권위를 잃지 않겠다는 듯 눈을 똑바로 뜨고 세영을 쳐다보며 물었다. 하지만 세영은 전혀 주눅 들지 않는 얼굴로 대꾸했다.

"풍비박산인데요."

"뭐?"

"풍지박산이 아니라 풍비박산인데요."

세영은 담담하게 말하고는 그런 것도 모르냐는 듯 이선을 쳐다봤다. 당황한 이선은 입을 벌리며 가슴을 두드렸다.

"허! 얘 봐라. 너, 그렇게 내가 만만하니?"

"……."

세영은 말없이 이선을 바라만 볼뿐 아무 대꾸도 하지 않았다.

"어쭈, 얘 봐라. 대답 없는 거 보니까 진짜 그런가보네? 좋아! 나도 손가락 하나 걸게. 이제 됐어?"

"예, 팀장님."

세영은 꾸벅 인사를 하고 나서 아무 일도 없었다는 듯이 자리로 돌아갔다.

이선은 너무 어처구니가 없어 뭐라고 꾸짖지도 못하고 세영의 뒷모습을 물끄러미 바라만 봤다.

"완전 대박. 뭐 저런……."

이선은 한숨을 내쉬며 고개를 흔들다가 문득 자기 손가락을 쳐다봤다. 무시하려고 했지만 자꾸만 시선이 갔다. 아직은 온전한 다섯 개의 손가락이 시야에 들어오자 안도감을 느꼈다.

'에이, 설마 정말 손가락을……'

이선은 고개를 들어 어느새 업무에 몰두하고 있는 세영을 쳐다봤다. 언제 그런 일이 있었냐는 듯 모니터를 뚫어져라 바라보는 세영의 옆얼굴이 눈에 들어왔다. 이선은 짧게 한숨을 내쉬었다. 면접 볼 때만 해도 착하고 말을 잘 들을 줄 알았는데 겪어보니 전혀 그렇지 않았다. 내가 사람을 잘못 뽑은 건가. 뒤늦은 후회가 밀려왔지만 이미 엎질러진 물이었다.

'사람은 정말 겉만 봐서는 모를 일이야. 그때는 분명히 착

하고 말 잘 듣게 생겼다고 여겼는데……'

소문

"세영이, 걔 진짜 어이없지 않아요?"

은정이 그렇게 포문을 열자, 옆에 앉은 화영이 기다렸다는
듯이 말을 받았다.

"그러니까요. 완전 개념 쩔어요."

회사 휴게실.

이선과 팀원들이 자판기 커피를 마시며 수다를 떨고 있다.
8시까지 서류를 다시 작성해야 하는 세영은 함께 자리하지
않았다. 그래서인지 자연스럽게 세영에 대한 험담이 오갔다.
아무래도 조금 전, 팀장인 이선에게 반기를 든 세영의 모습
이 좋게 느껴지지 않은 모양이었다. 최선임자인 이선에게 대
들 정도면 언젠가 자기들한테도 그럴 수 있을 거란 위기감

을 느끼고 있었다.

"누가 아니래."

팀원들이 두둔하자 이선은 조금 밝아진 얼굴로 맞장구쳤다.

"진짜 대박. 어떻게 팀장님께 손가락을 걸란 소리를 할 수 있지. 진담이랑 농담도 구분을 못하나. 이래서 요즘 신입 뽑을 땐 정신감정도 해야 한다니까요. 멀쩡해 보여도 멘탈 붕괴 된 애들이 요즘 얼마나 많은데……."

은정이 다소 상기된 목소리로 말했다.

"에이, 설마 진심이겠어요? 그냥 해본 소리겠지."

잠자코 있던 민호가 동료들 눈치를 살피며 조심스럽게 말을 꺼냈다.

"어머! 민호 씨, 지금 세영이 편드는 거야?"

이선이 장난스럽게 눈을 흘겼다.

"아뇨, 그건 아니고요."

민호는 머쓱한 표정을 지으며 말끝을 흐렸다.

"실은 제가 세영이에 대해서 좀 들은 얘기가 있는데요."

화영이 마치 엄청난 비밀이라도 되는 양 목소리를 낮추었다.

"뭔데?"

이선이 물었다.

화영은 주변을 살피더니 조심스레 말을 꺼냈다.

"세영이 걔가 대학교 다닐 때 좋아하는 사람이 있었는데 끔찍할 정도로 스토킹을 했다나 봐요."

"어머! 진짜? 어떻게 했다는데?"

이선이 깜짝 놀라며 더 자세히 들려달라는 듯 화영의 손등을 가볍게 두드렸다.

"매일 집 앞에 가서 밤새도록 기다리다 나중엔 몰래 그 집에 들어가기까지 했대요."

"세상에! 웬일이니."

이선이 의식적으로 민호를 쳐다보며 탄식을 흘렸다.

은정도 짓궂게 웃으며 민호를 쳐다봤다.

"민호 씨도 조심해야겠다."

"예?"

민호가 당황한 표정으로 되물었다.

"그거 몰라? 세영이 걔가 민호 씨 보는 눈빛이 남다른 거?"

은정이 정말 몰랐냐며 확인하듯 민호를 쳐다봤다.

"설마요."

민호는 고개를 흔들며 어색하게 웃었다.

"민호 씨 눈썰미 참 없다. 여자가 보는 눈은 정확하다니까."

화영이 답답하다는 듯 한마디 거들었다.

"뭐 그건 그거고. 하여튼 세영이 걔 어쩐지 나도 처음부터 맘에 안 들었어. 뭔가 느낌이 좀 사악하달까……."

이번에는 은정이 의미심장한 표정으로 운을 뗐다.

"왜요? 무슨 일 있었어요?"

화영이 빨리 들려달라는 듯 테이블을 두드리며 채근했다.

"그러니까 그게 세영이가 입사하고 그 다음 날이었나⋯⋯."

그날, 은정은 점심식사를 마치고 옥상에 올라가 담배를 피우고 있었다. 반쯤 피웠을 때, 인기척이 느껴져 뒤를 돌아보니 세영이 손에 커피를 들고 신입사원 특유의 붙임성 있는 미소를 지으며 다가왔다.

"어머, 선배님. 왼손잡이세요?"

세영이 무척 반갑다는 투로 물었다.

"어? 응⋯⋯."

은정은 담배를 쥔 왼손을 의식하며 조용히 고개를 끄덕였다.

"선배님도 고생 많이 하셨겠어요. 왜 다들 그러잖아요. 왼손잡이를 무슨 외계인 보듯 하고⋯⋯."

"뭐 살짝 그렇긴 하지."

은정은 어색하게 웃어보였다.

"저도 왼손잡이거든요. 한번은 초등학교 때 짝꿍이 제가 왼손잡이라 싫다면서 짝을 바꿔달라고 담임선생님한테 건의를 한 거예요."

세영이 말했다.

"그러니? 나도 비슷한 적 있었는데, 필기할 때 불편하다고 짝꿍이 그랬었거든."

은정은 옛날 기억을 떠올렸는지 묘한 표정을 지었다.

"근데 사실 전 그 짝꿍이 되게 맘에 들었거든요. 그래서 밤마다 집에서 기도했어요."

"기도? 뭐, 짝꿍이 안 바뀌게 해달라고?"

은정이 물었다.

세영은 웃으면서 고개를 가로저었다.

"아뇨. 그 아이 오른쪽 손이 없어지게 해달라구요."

은정은 예상 밖의 대답에 흠칫 놀란 얼굴로 세영을 바라봤다. 그러거나 말거나 세영은 여전히 웃는 얼굴로 말을 이었다.

"그런데 신기한 건요. 얼마 뒤에 정말 그 소원이 이뤄진 거예요."

"뭐?"

은정은 깜짝 놀라 되물었다.

"그 짝꿍이 사고를 당해서 오른팔을 못 쓰게 됐거든요."

그러고는 세영은 아무렇지도 않게 환히 웃으며 커피를 마셨다.

은정은 담배가 필터까지 타들어간 것도 모르고 세영을 멍하니 바라봤다. 지어낸 이야기인지, 아니면 사실인지는 몰라도, 이런 이야기를 아무렇지도 않다는 얼굴로 말하는 세영이 왠지 모르게 섬뜩했다.

"선배님, 저 먼저 들어갈게요. 천천히 피우다가 오세요."

세영은 예의 붙임성 있는 미소를 지으며 인사를 하고는

돌아서서 천천히 옥상을 내려갔다. 은정은 이미 담배를 다 피웠지만 선뜻 세영을 따라나설 수가 없었다. 아니, 그러고 싶지 않았다.

"정말이에요?"

은정이 이야기를 마치자마자 화영이 믿어지지 않는다는 투로 물었다. 이선도 내색을 하지 않았지만 속으로는 진짜 이상한 아이라고 생각했다.

"응. 그 얘기 듣고 나니까 기분 진짜 이상하더라."

은정은 그날의 기억을 상기했는지 몸서리를 쳤다.

잠시 어색한 침묵이 흘렀다.

"근데 세영이 이따 8시까지 일 마감할 수 있을까요?"

화영이 침묵을 깨고 이선에게 물었다.

"글쎄, 두고 보면 알겠지."

이선은 자기도 모르겠다는 듯 어깨를 으쓱거렸다.

"난 힘들다고 봐."

옆에서 은정이 단호한 어조로 말했다. 그러더니 두 손을 펼쳐 보이며 장난스럽게 웃었다.

"성공하면, 내가 손에 장을 지진다."

그러자 화영이 짓궂게 쳐다보더니 나직하게 속삭였다.

"언니, 조심해요."

"뭘?"

"그러다 세영이가 진짜로 장 지지면 어쩌려구······."

화영의 말에 다들 설마 하는 표정을 짓더니 누가 먼저랄 것도 없이 웃음을 터뜨렸다. 하지만 다들 모르고 있었다.

복도에서, 세영이 말없이 자기들의 이야기를 듣고 있다는 사실을.

세영은 무표정한 얼굴로 조용히 걸음을 옮겼다.

팀원들과 한바탕 수다를 떤 덕분에 한결 기분이 나아진 이선은 칫솔을 챙겨서 화장실로 갔다. 칫솔에 치약을 짜려는데 뭔가 거뭇한 이물질이 보였다. 이선은 대수롭지 않다는 듯이 털어내고는 치약을 짜고 양치질을 시작했다. 조금 있으니 세영이 화장실로 들어왔다.

세영이 이선을 보고 가볍게 고개를 숙였다.

이선은 눈짓으로 인사를 받고 칫솔질로 일어난 거품을 내뱉다가 갑자기 헛구역질을 했다.

"아, 요즘 왜 이렇게 자주 헛구역질을 하지? 내시경 한번 받아봐야 하나······."

물로 입 안을 헹구던 이선은 세영을 의식했는지 조용히 물었다.

"근데 일은 잘 되가?"

"예."

세영은 성의 없는 목소리로 대꾸했다.

이선은 정말 예쁜 구석이 없는 아이라고 생각하며 시선을 돌리다가 문득 세영의 손을 봤다. 무슨 이유인지는 몰라도 손등에 흉터가 꽤 많았다. 궁금증이 생긴 이선은 칫솔을 챙기며 흘끗 세영을 쳐다봤다.

"자기, 혹시 밤에 다른 일 해?"

"예?"

이선이 물음에 세영은 무슨 소리냐는 듯이 되물었다.

"여자 손이 좀 험하네. 손만 보면 공사장에서 일하는 사람인 줄 알겠어."

이선은 눈짓으로 세영의 손을 가리키며 말했다.

세영은 잠시 자기 손을 쳐다봤다. 그러더니 다시 고개를 들고 거울에 비친 이선을 바라봤다.

"팀장님."

"응?"

막 돌아서서 화장실에서 나가려던 이선은 멈칫하고는 마찬가지로 거울에 비친 세영을 쳐다봤다.

"팀장님은 좋으시겠어요."

세영이 불쑥 말을 꺼냈다.

"뭐가?"

얘가 지금 무슨 말을 하려는 거지? 이선은 영문을 모르겠다는 듯 생뚱맞은 표정을 지었다.

"다들 팀장님을 좋아하잖아요."

잠시 생각에 잠긴 이선은 딱히 틀린 말은 아니라고 느꼈는지 어색하게 웃으며 어깨를 으쓱거렸다.

"뭐, 내가 워낙에 인기 좀 있지."

"부럽네요."

세영이 그렇게 중얼거리며 이선을 쳐다봤다.

"……."

　이선은 세영의 시선이 몹시 불쾌하고 또 불편했다. 이유는 모르지만 그냥 그런 느낌이었다. 그래서 이선은 마치 쫓기듯이 서둘러서 화장실을 나왔다. 복도로 나오고 나서야 비로소 자기가 왜 피해야 하나 싶어 쓴웃음을 지었다.

악의

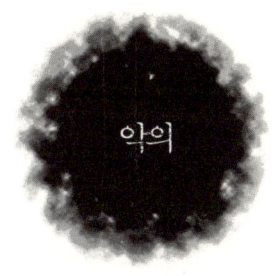

악의

　열심히 노트북 자판을 두드리던 세영은 문득 손을 멈추고 업무에 몰두하고 있는 민호를 바라봤다. 무언가 말을 건네려는 듯 입술을 달싹이다가 다른 사람들의 시선을 의식했는지 주위를 흘끗 살폈다. 그러고는 가방에서 작은 상자 하나를 슬며시 꺼냈다. 세영은 예쁜 포장지로 싼 상자를 조심스럽게 들고 자리에서 일어나 민호에게 다가갔다. 민호는 모니터에만 열중하느라 세영이 다가오는 것도 모르고 있었다. 그건 다른 사람들도 마찬가지였다.

　"저기, 민호 씨……."

　세영이 민호의 뒤로 다가가 나지막한 목소리로 불렀다. 인기척도 없었기 때문에 민호는 깜짝 놀란 얼굴로 뒤를 돌아봤다.

"예?"

"이거……."

세영은 조심스럽게 민호에게 상자를 건넸다. 그러고는 수줍게 웃으며 나지막하게 말했다.

"지난주에 생일이셨죠? 늦었지만 축하드려요."

"아! 저는 괜찮은데…… 뭘 이런 걸……."

말은 그렇게 했지만 싫지 않은 표정을 지었다. 민호는 어색하게 웃으며 상자를 받아들었다. 그러자 다른 팀원들이 하던 일을 멈추고 흥미롭다는 눈빛으로 두 사람을 지켜보았다. 이선도 모니터 위로 고개를 내밀었다.

"한번 풀어보세요. 마음에 드실지 모르겠어요."

세영이 말했다.

"아, 예……."

민호는 동료들을 의식하며 천천히 포장지를 벗겼다. 상자 안에서 앙증맞은 크기의 하얀 머그컵이 나왔다.

세영은 다소 긴장한 얼굴로 민호의 표정을 살폈다. 혹시라도 마음에 들지 않으면 어쩌나 싶어서 마음을 졸이는 것 같았다. 다행히도 민호는 세영의 선물을 마음에 드는 눈치였다. 민호의 표정이 그것을 말해주고 있었다.

"아, 컵 예쁘네요. 정말 고마워요. 잘 쓸게요."

민호는 결코 빈말이 아니라는 듯 웃으면서 말했다.

그때서야 세영은 마음을 놓으며 비로소 환하게 미소를 지었다. 입모양으로 다행이다, 라고 중얼거렸다.

"우와, 이게 뭐야?"

이선과 팀원들이 호들갑을 떨며 우르르 몰려왔다. 세영은 그들의 참견이 불편하다는 듯 굳은 표정을 지었다.

"어머! 세영이 참 센스 있다. 어디서 이런 예쁜 컵을 구했대?"

이선이 눈치도 없이 끼어들었다. 다분히 의도적이었다.

"그러게요. 민호 씨는 좋겠네."

옆에서 은정이 맞장구를 쳤다.

"그러니까요. 민호 씨는 인기도 좋아."

화영도 질세라 한마디 거들었다.

갑자기 여자들에게 둘러싸인 민호는 어색하게 웃으며 머리를 긁적였다.

"나 마침 커피 한잔 마시고 싶었는데 이걸로 한잔 마시면 안 될까?"

이선이 짓궂게 웃으며 세영을 바라봤다. 남에게 선물한 컵에 커피를 마시겠다니. 누가 봐도 의도적이었지만 세영은 아무 대꾸도 할 수 없었다. 그저 불쾌하다는 눈빛으로 바라볼 뿐이었다.

"어머, 세영 씨 표정 보니까 좀 그런가보다."

이선이 세영을 흘끗 보며 말했다. 세영은 뭔가 말을 하고 싶은지 아랫입술을 살짝 깨물었다.

"에이, 팀장님도. 어차피 이제 민호 씨 건데, 민호 씨 맘이 죠. 안 그래요?"

은정이 불쑥 끼어들더니 민호에게 물었다. 갑작스럽게 질 문을 받은 민호는 난처했는지 얼굴을 붉히며 말끝을 흐렸다.

"아, 그게 그러니까……."

이선이 승낙해달라는 듯 민호에게 눈길을 보냈다. 세영도 민호를 쳐다봤다.

"아, 예, 뭐……."

민호는 두 여자의 눈치를 번갈아 살피다가 마지못해 고개 를 끄덕였다.

세영이 실망했다는 듯 눈을 내리깔았다.

혹시라도 민호가 말을 바꿀까봐 이선은 세영을 흘끗 보며 씩 웃더니 냉큼 머그컵을 집었다.

"그럼 나 이걸로 한잔 마실게."

순간 세영의 얼굴이 차갑게 굳더니 지금이라도 거절해달 라는 듯 민호를 쳐다봤다.

민호는 미안한 나머지 세영의 시선을 피했다.

그때였다.

픽, 하는 소리와 함께 머그컵이 바닥에 떨어져 산산조각 이 나버렸다. 이선이 컵을 떨어뜨린 것이다. 마치 실수라는 듯 입을 가리며 놀라는 표정을 지었지만 누가 봐도 일부러 그런 게 분명했다.

사무실에 묘한 정적이 감돌았다.

다들 놀랍고 당혹스럽다는 표정이었다. 특히 민호는 미안하고 당황해서 어쩔 줄을 몰랐다.

세영은 하얗게 질린 얼굴로 부서진 컵의 잔해를 내려다보았다.

"어머! 이걸 어째……."

이선이 침묵을 깨고 능청스럽게 말문을 열었다.

"머그컵이 너무 무거웠나봐. 좀 가벼운 걸로 사지 그랬어."

컵을 깨뜨린 것도 모자라서 그 탓을 세영에게 돌렸다. 너무하다 싶을 정도로 얄미운 언사였지만 누구도 세영의 편을 들어주지 않았다.

"그러니까요. 팀장님, 괜찮으세요? 어디 다치진 않고요?"

잠시 이선과 세영의 눈치를 살피던 화영이 일부러 과장된 목소리로 이선을 두둔하고 나섰다.

"응, 난 괜찮은데. 민호 씨한테 좀 미안하네."

이선은 이번에도 세영은 안중에도 없다는 듯이 말했다. 대놓고 무시하는 처사에도 세영은 아무 대꾸도, 반박도 하지 않았다.

"아니에요. 괜찮아요."

민호는 애써 태연한 얼굴로 말했다. 하지만 눈길은 세영을 향하고 있었다. 그러거나 말거나 세영은 창백한 얼굴로 우두커니 서서 깨진 머그컵의 조각들을 가만히 내려다볼 뿐이었다.

그 기이한 침묵에 다들 머쓱해져서 서로 눈치를 살피다가 자리로 돌아갔다. 이선도 조금은 죄책감을 느꼈는지 고개를 살짝 숙이고는 자리로 돌아갔고, 민호만 황망히 서서 세영을 바라봤다.

이윽고, 한동안 말없이 서 있기만 하던 세영이 쭈그리고 앉아서 머그컵 조각들을 줍기 시작했다.

"그러다 다쳐요."

민호가 거들려고 했지만, 세영이 차갑게 뿌리쳤다. 그러고는 묵묵히 파편들을 모아 상자에 담더니 사무실을 나갔다.

이선은 뒤도 돌아보지 않고 사무실을 나가는 세영의 뒷모습을 물끄러미 바라봤다. 한번쯤 원망어린 눈빛으로 돌아볼 것 같은데도 세영은 아무 대응도 하지 않고 조용히 복도로 나갔다. 그런 세영의 침묵이 오히려 이선을 불안하게 만들었다.

화장실로 온 세영은 상자에서 머그컵의 잔해들을 하나하나 천천히 꺼내 세면대 위에 늘어놓았다. 그 모습은 마치 어떤 제의(祭儀)를 이행하듯이, 경건하면서도 엄숙한 분위기를 풍겼다. 한편으로는 설명하기 힘든 기이함도 느껴졌다. 만약에 누군가가 화장실을 찾았다가 지금 이런 모습의 세영과 마주친다면 어떤 한기 같은 것을 느꼈을지도 모른다. 그만큼 그로테스크했다.

세영의 기행(奇行)은 거기서 멈추지 않았다.

세영은 머그컵 조각들을 한동안 멍하니 보다가 그중 하나를 집어 느릿하게 입으로 가져갔다. 그러더니 마치 그 조각이 맛있는 쿠키라도 되는 양 입 안에 넣더니 천천히 씹기 시작했다.

우드득.
우드득.

머그컵 조각을 씹는 섬뜩한 소리가 적막을 깨고 화장실 안에 울려 퍼졌다.

세영은 무표정한 얼굴로 거울에 비친 자신을 바라보며 계속해서 머그컵 조각들을 입에 넣고 씹어 먹었다.

우드득.
우드득.

입술 사이로 선홍색 핏물이 흘러내렸지만 세영은 얼굴 한 번 찡그리지 않고 계속해서 머그컵 조각을 씹었다.

아주 천천히, 천천히…….

이선은 세영이 그렇게 나간 뒤로 도무지 일이 손에 잡히지 않았다. 찜찜하기도 했고 조금은 미안한 마음도 있었지만 왠지 모를 불안함이 엄습했다. 문득문득 자신을 바라보는 팀원들의 눈빛도 그렇게 곱진 않았다. 마치 이번에는 당신이 너무 심했어, 하고 말하는 것 같았다.

얼마 후, 세영이 사무실로 돌아왔다. 깨진 머그컵은 버리고 왔는지 나갈 때와는 달리 빈손이었다.

"신세영, 그렇게 자리를 오래 비우면 어떡해."

이선이 짐짓 위엄 있는 목소리로 말했다.

"죄송합니다."

세영은 공손하게 사과하고는 자리에 가서 앉았다. 이선은 분위기를 봐서 미안하다는 말을 하려고 했지만 그만 타이밍을 놓치고 말았다.

책상에 앉은 세영은 언제 그런 일이 있었냐는 듯이 일에 몰두하기 시작했다. 이선은 한동안 세영을 쳐다보다가 스스로 너무 예민하게 여긴다고 느끼고 본연의 태도로 돌아갔다. 세영을 의식하며 흘끔거리던 민호나 다른 동료들도 세영이 일에 집중하는 모습을 보고 그냥 단순한 해프닝으로 끝나서 다행이라고 생각했다.

다들 조금 전의 일을 잊고 자기 업무에 몰두하고 있는 가운데, 세영은 서랍에서 연필 하나를 꺼냈다. 그러더니 무슨 까닭에선지 별안간 끝을 뾰족하게 깎은 연필심으로 손바닥을 꾹 눌렀다.

연필심이 살갗을 뚫었는지 피가 배어나오기 시작했다.

하지만 세영은 표정 하나 바꾸지 않고 연필로 손바닥을 더욱더 세게 눌렀다. 결국 연필심이 뚝 부러지고 말았다.

세영은 심이 부러진 연필을 물끄러미 바라보더니 이번에는 연필깎이에 넣고 드르륵, 드르륵 연필을 깎기 시작했다.

하나를 다 깎으면, 또 다른 연필을 넣어서 깎았다.

그렇게 몇 번이고 반복하다보니 어느새 책상 위에 날카롭게 깎인 연필들이 가지런히 놓여있었다.

세영은 연필들을 물끄러미 바라보다가 문득 자기 손가락을 보았다.

저녁 8시까지 결제를 받지 못하면 이선에게 다섯 개 중 하나를 내주기로 한 손가락.

세영은 고개를 들어 이선을 바라봤다.

이선은 모니터를 보느라 세영의 시선을 전혀 의식하지 못하고 있었다.

세영은 다시 손가락을 내려다보더니 검지를 연필깎이에 넣었다. 그러고는 조금도 망설이지 않고 레버를 잡았다.

"……."

세영이 무심한 얼굴로 레버를 돌리려는데, 내선전화기 옆에 놓인 세영의 휴대폰이 위잉 하며 진동을 울렸다. 세영은 잠시 망설이다가 연필깎이에서 손가락을 빼고 전화를 받았다.

"안녕하세요, 고객님."

전화를 건 사람은 얼마 전부터 신용대출을 집요하게 권하는 대부업체의 텔레마케터였다. 하이 톤의 목소리를 듣자마자 세영은 미간을 찡그렸다. 잠시 듣기만 하던 세영은 짧게 한숨을 내쉬더니 조용히 자리에서 일어났다. 그러고는 서둘러 옥상으로 올라갔다. 마치 누구에게도 통화를 방해받고 싶지 않다는 듯.

이빨을
드러내다

이빨을
드러내다

"이것도 좋지만, 고객님께 추천해주고 싶은 또 다른 상품
으로는……."

세영은 옥상으로 올라온 뒤로도 대꾸 한마디 하지 않고
조용히 수화기 너머에서 흘러나오는 목소리를 듣기만 했다.
텔레마케터는 세영의 침묵을 긍정적인 반응으로 오해하고
쉴 새 없이 대출상품에 대한 설명을 늘어놓았다. 그러다가
세영이 계속 침묵으로 일관하자 그때서야 뭔가 이상하다고
여겼는지 텔레마케터는 잠시 설명을 멈추고 조심스럽게 물
었다.

"저기, 고객님? 혹시 제 말씀 이해하시겠어요?"

"당신……."

세영이 침묵을 깨고 입을 열었다.

"내가 그렇게 좋아?"

예상하지 못했던 질문에 텔레마케터가 당황한 목소리로 되물었다.

"예?"

"난 관심 없다고 했잖아."

세영은 퉁명스럽게 말했다.

"아, 그게……."

"이런 전화 하지 말라고 했을 텐데……."

당황해서 변명을 늘어놓으려는 텔레마케터의 말허리를 자르며 싸늘한 목소리로 내뱉었다.

"아, 그건……. 고객님, 그러니까 저희는 조금이나마 고객님께 도움이 되는 금융서비스를 알려드리고 싶어서요."

텔레마케터는 상황을 모면해보려고 궁색한 변명을 했다. 그러자 세영은 피식 콧방귀를 뀌더니 나직한 목소리로 물었다.

"당신, 연신내 현대빌라 살지?"

수화기 너머로 마른침을 꿀꺽 삼키는 소리가 들렸다.

"남편은 불광동에서 청과물가게 하고……."

세영이 싸늘히 웃으면서 말을 이었다.

"예? 그건 어떻게……."

텔레마케터는 용무도 잊은 채 너무 당황한 나머지 말끝을 흐렸다. 세영이 자신의 신상정보를 읊어대는 게 놀랍고 또 두려운 모양이었다.

"5살짜리 예쁜 딸도 있던데? 이름이…… 맞아, 고은이었지, 아마?"

잠시 정적이 흘렀다.

"놀랐나보네?"

세영이 즐겁다는 듯 생글생글 웃으면서 물었다.

"뭐, 뭐, 뭐야! 당신, 뭐냐고!"

당황한 텔레마케터가 버럭 소리를 질렀다.

"어때? 한번만 더 전화하면 그때는 아주 재미난 일이 생길 거야. 어쩔래? 한번 확인해 볼래?"

세영이 야비한 웃음을 흘리며 물었다.

"이 미친년아! 너, 뭐하는……."

결국 참다못한 텔레마케터가 욕을 퍼부었다.

세영은 더는 들어줄 필요도 없다는 듯 씩 웃으며 전화를 끊었다. 그러고는 사무실로 돌아가려는데 언제 올라왔는지 은정이 담배를 든 채 멍하니 서 있었다. 아마도 통화하는 것을 모두 들은 모양이었다. 은정은 넋 나간 얼굴로 세영을 쳐다봤다.

"먼저 내려갈게요, 선배님"

세영은 생긋 웃으며 고개를 숙이고는 옥상 출입문으로 걸어갔다.

은정은 담배를 다시 집어넣더니 뭔가에 홀린 표정으로 세영의 뒷모습을 물끄러미 바라봤다.

"역시 피자는 팀장님이 사주시는 피자가 제일 맛있어요."

화영이 피자 조각을 집으며 다소 아부 섞인 멘트를 날렸다.

점심시간이 끝나고 두어 시간쯤 흐르면 으레 출출해지기 마련이다. 오늘도 예외는 아니었다. 자신과 세영 사이에서 일어난 몇 차례 해프닝으로 인해 가라앉은 사무실 분위기를 바꿔볼 요량으로 이선은 모처럼 선심을 쓰듯 팀원들을 위해 피자를 주문했다. 그런데 공교롭게도 세영이 자리를 비운 사이였다.

"입에 침이나 바르셔."

이선은 가볍게 타박하며 피자 조각을 집다가 문득 화영의 손가락에 눈길을 주었다. 어제까지만 해도 보지 못했던 예쁜 반지가 손가락에 끼워져 있었다. 대부분의 여자들이 그렇듯 이선도 예쁜 장신구라면 사족을 못 썼다.

"근데 그 반지 못 보던 거네?"

이선이 넌지시 물었다.

"아, 이거요. 어제 퇴근하고 친구랑 가로수 길에 놀러갔다가 득템 한 거예요. 이거 정말 예쁘죠?"

화영은 자랑을 늘어놓다가 아차 싶었는지 입술을 깨물었

다.

이선은 탐욕스러운 눈빛으로 화영의 반지를 뚫어져라 바라봤다. 화려하지 않지만 심플하면서도 예쁜 디자인이었다. 딱 이선이 좋아하는 취향이었다. 화영은 잠시 망설이다가 슬며시 말을 꺼냈다.

"팀장님, 껴보실래요?"

"어? 정말? 그래도 돼?"

이선은 기다렸다는 듯 조금도 사양하지 않고 환한 얼굴로 되물었다.

"그럼요!"

화영은 반지를 빼서 이선에게 건넸다.

"어때? 어울려?"

이선은 냉큼 손가락에 반지를 껴보더니 금세 얼굴에 화색이 돌았다. 그걸 보고 화영은 반지를 돌려받지 못하리라고 직감했다. 그래서 뺏기느니 그냥 선물하는 셈치고 주는 편이 기분은 덜 억울할 거라고 생각했다.

"우와! 잘 어울려요! 팀장님 가지세요."

"어머! 그래도 돼?"

이선이 그 말만 기다렸다는 듯이 되물었다.

"그럼요. 반지가 진짜 주인을 찾아간 거 같네요."

화영은 어색하게 웃으며 마음에도 없는 말을 늘어놓았다. 살짝 아랫입술을 깨물었지만 다행히 이선은 반지에만 정신이 팔려서 화영의 표정을 보지 못했다.

"그런가? 그럼 이게 그 절대반지 같은 거네?"

이선은 눈치도 없이 아이처럼 마냥 좋아했다.

"그러네요. 절대반지……."

화영은 고개를 주억거리며 쓰게 웃었다.

이선은 흡족한 얼굴로 반지를 이리저리 살피다가 흘끗 민호를 쳐다봤다.

"민호 씨, 민호 씨가 보기엔 어때?"

막 피자를 베어 문 민호는 갑작스러운 물음에 사래가 들렸는지 기침을 했다. 그러고는 머뭇거리며 화영과 이선의 눈치를 살폈다. 두 사람 사이에 감도는 어색한 기류를 눈치 챘기 때문에 이럴 때는 무슨 말을 하면 좋을지 몰라서 잠시 망설였다. 그때 휴게실 앞을 지나가는 세영이 보였다. 민호는 이때다 싶었는지 손을 흔들며 세영을 불렀다.

"아, 세영 씨! 와서 피자 좀 먹어요."

세영이 걸음을 멈추고 이쪽을 쳐다봤다.

민호는 웃으면서 들어오라고 손짓했다.

세영은 잠시 눈치를 살피더니 조용히 휴게실로 들어와 빈 의자에 앉았다.

화영과 이선은 마지못해서 어색하게 웃어보였다.

"이거 드세요."

민호가 피자 한 조각을 집어 세영에게 건넸다. 세영은 고개를 숙이고는 피자 조각을 받아들었다.

잠시 어색한 침묵이 흘렀다.

"그런데 세영 씨는 아직도 남자친구 없어?"

화영이 마치 중대한 사실을 깨달았다는 듯 갑자기 세영을 쳐다보며 물었다.

"예……."

세영은 말끝을 흐렸다. 화영의 질문이 조금은 불편한 듯했다.

"이상하다. 왜 없을까? 세영 씨 정도면 남자들이 딱 좋아하는 스타일인데. 귀엽고 아담하고. 안 그래요? 팀장님?"

화영이 고개를 갸우뚱하며 이선에게 물었다.

"그러게. 뭐 우리가 알 수 없는 이유가 있겠지. 성격이 문제거나 성적으로 문제거나……."

이선이 말했다. 웃는 얼굴로 이야기를 했지만 다분히 비꼬는 말투였다.

"어머, 정말 그런 거야?"

화영이 호들갑을 떨면서 정말 그런 거냐며 세영을 쳐다봤다. 세영이 얼굴을 붉히며 대꾸를 하지 못하자 다들 그냥 농담이었다는 듯 웃음을 터뜨렸다. 하지만 세영은 전혀 웃지 않았다.

"팀장님은 어느 쪽이세요?"

세영이 불쑥 말을 꺼냈다.

"뭐가?"

이선이 되물었다.

"궁금해서요. 성격이 좋아서예요, 아니면 섹스를 잘해서 남자친구가 있는 거예요? 아니면, 남자친구가 있어서 성격도 좋아지고 섹스도 잘하게 된 거예요?"

세영이 천연덕스럽게 물으며 피자를 우걱우걱 씹었다.

"너, 말 너무 함부로 하는 거 아냐?"

이선이 당황해서 언성을 높이자 세영은 마치 너무 예민하게 반응하는 거 아니냐는 듯 생글생글 웃었다.

"저는 그냥 팀장님이 부러워서 드린 말씀이에요. 기분 상하셨다면 죄송해요."

그렇게 말하고는 세영은 꾸벅 고개를 숙였다. 이선은 세영의 당돌함에 뭔가 대구를 해주고 싶었지만 정중히 사과하는 사람에게 버럭 화를 낼 수는 없는 노릇이었다. 더구나 팀장이라는 사람이 부하 직원들 앞에서 그만한 일로 언성을 높이면 스스로 체면을 깎는 짓이나 다름없었다.

'너, 정말 오늘 왜 이러니.'

이선은 분한 마음에 입술을 깨물고 곱지 않은 시선으로 세영을 바라봤다.

하지만 세영은 아무렇지도 않다는 듯 피자를 맛있게 먹고는 보란 듯이 손가락을 쪽쪽 빨았다. 그러더니 다시 뭔가 생각났다는 얼굴로 이선을 쳐다봤다.

"그런데 팀장님 남자친구 분은 아직도 백수예요?"

"뭐? 누, 누가 그래!"

뜻밖의 공격에 이선은 하마터면 입 안에 물고 있던 피자 조각을 내뱉을 뻔했다.

"어? 백수라니. 세영 씨가 뭔가 잘못 알고 있는 거 아냐? 남친 분 되게 잘나가는 외주프로덕션 다니지 않으세요?"

옆에서 화영이 고개를 갸우뚱하며 이선을 쳐다봤다.

"에이, 거기 다니다 잘린 지 3개월 정도 됐잖아요, 그쵸?"

세영이 이선을 흘끗 보며 피식 웃더니 다시 말을 이었다.

"그러니까 그게 아마…… 그래, 맞다. 경리 보던 여자애 잘못 건드려서 쫓겨났다고 하던데? 하필 회사 대표가 찍은 애를 건드려가지고……."

화영과 민호가 당혹스러워하며 이선을 쳐다봤다. 이선은 그건 사실이 아니라는 듯 어색하게 웃어보였다. 하지만 이선의 얼굴엔 이미 당황한 기색이 역력했다. 말로 하지 않았을 뿐이지 세영의 말을 인정하고 있는 거나 다름없었다.

"그 바닥에서 재취업하긴 힘들겠어요. 뭐, 그나마 요즘 청년실업이 대세니까 덜 쪽팔리긴 하겠네요."

세영은 생글생글 웃으면서 새로이 피자 조각 하나를 집어 우걱우걱 씹어 먹었다. 하지만 다른 사람들은 식욕을 잃었는지 피자에 손을 대지 않았다. 휴게실 분위기는 식어버린 피자처럼 딱딱하게 굳어버렸지만 세영은 식욕이 더 돋는지 세개째 피자 조각을 집더니 흘끔 이선을 쳐다봤다.

"근데 팀장님, 그 반지, 팀장님이랑 진짜 안 어울려요."

그러고는 혼잣말을 하듯 덧붙였다.

"손가락이 불쌍해 보이네."

이선은 세영의 당돌함에 입을 다물지 못했다. 그건 다른 사람들도 마찬가지였다. 그러거나 말거나 세영은 혼자서 남은 피자를 게걸스럽게 먹어치웠다.

"……."

이때만 하더라도 이선은 세영을 그저 눈치 없이 분위기 파악도 못하고 주는 것도 없이 얄미운 짓만 골라서 하는 골칫덩이쯤으로만 여겼다. 하지만 그게 커다란 오산이라는 걸 깨닫는 데까진 그리 오랜 시간이 걸리지 않았다.

약속은
약속

약속은
약속

"너, 정말 몰라?"

복도에 울려 퍼지는 이선의 목소리가 카랑카랑하다. 이선은 생각지도 못한 세영의 공격에 당황한 나머지 흥분을 가라앉히려고 사무실에서 나왔다. 하지만 아무리 추스르려고 해도 좀처럼 화가 풀리지 않았다. 부하 직원들이 보는 앞에서 톡톡히 망신을 당했으니 무리도 아니다. 더욱이 남자인 민호까지 있었기 때문에 모멸감은 몇 배나 컸다. 어떻게 해도 화가 가라앉지 않아서 빌미를 제공한 남자친구인 재욱에게 전화를 걸었다. 분풀이를 하려는 목적도 있었지만 세영이 어떻게 재욱에 대해서 아는지 무척 궁금해서 직접 확인해보고 싶었다.

"이름이 뭐라구?"

재욱은 갑자기 영문을 모르겠다는 듯 되물었다.

"신세영."

"난 처음 듣는 이름인데? 그런데 걔가 나에 대해서 어떻게 아는데……."

말투만으로는 시치미를 떼는 것인지 아니면 정말로 모르는 것인지 도무지 감을 잡을 수가 없었다. 그래도 확실히 따질 필요가 있었다. 이미 이전의 일로 신뢰를 잃은 남자친구가 아닌가.

"내가 알면 너한테 전화했겠니?"

"혹시 니가 술 먹고 꽐라 되서 막 떠들고 다닌 거 아냐?"

적반하장도 유분수라더니. 재욱은 오히려 화살을 이선에게 돌렸다.

"죽을래? 하여튼 쪽 팔려 죽는 줄 알았단 말야. 혹시 세영이, 예전에 니가 건드려놓고 기억 못하는 애 아냐?"

"아, 진짜 너무한다. 내가 아무리 한번 실수했다지만 그렇다고 모든 걸 다 그렇게 몰고 가면 반칙이지."

재욱은 정말로 억울하다는 듯이 항변했다.

"그런데 말이야. 세영이? 걔 예뻐?"

그 망신을 당하고도 아직 정신을 못 차린 모양이다. 이선은 발끈해서 버럭 소리를 지르며 전화를 끊었다.

"이런 미친! 끊어!"

마음이 편치 않았다. 재욱의 태도로 봐서는 정말로 세영을 모르는 눈치였다. 그렇다면 대체 세영이 재욱에 대해서 어떻게 알고 있는 것일까. 생각하면 할수록 뭔가 찜찜해서 영 개운치 않았다. 그렇다고 세영에게 직접 따질 수도 없는 노릇이다. 왠지 모를 한기를 느끼고 이선은 두 손으로 어깨를 감싸 안았다.

"아, 정말 뭐야……."

째깍째깍.

시계바늘이 어느덧 여섯 시를 가리키고 있었다. 팀장의 눈치를 살피던 은정과 화영은 조용히 짐을 꾸렸다.

그러는 와중에도 세영은 열심히 모니터만 바라보고 있었다.

"팀장님, 저희 먼저 들어갈게요."

은정이 말했다.

이선은 벽시계를 흘끗 보더니 알았다는 듯 고개를 끄덕였다. 마음 같아서는 자신도 퇴근하고 싶었지만 아직 세영이 결제할 서류를 제출하지 않아서 하릴없이 기다릴 수밖에 없었다.

"그래, 먼저들 가."

화영과 은정은 세영을 한번 쳐다보고는 서둘러 사무실을 나갔다.

이선은 자판을 두드리고 있는 세영을 물끄러미 바라보다
가 짧게 한숨을 내쉬더니 화장실에 다녀오려는 듯 밖으로
나갔다.

잠시 후, 민호도 주섬주섬 일어나 가방을 챙겼다.

"세영 씨, 수고해요."

민호는 가방을 들고 세영에게 다가가 조심스럽게 말을 건
넸다.

"예."

세영은 눈길조차 주지 않고 모니터만 바라보며 건성으로
대답했다.

"아, 그리고 아까 그 머그컵 말예요. 정말 미안해요. 그래
도 세영 씨 마음은 받았으니까……."

민호가 머쓱하게 웃으며 말했다. 오전에는 뜻밖의 추궁을
당해서 제대로 내색하지 못했지만 세영에게 어느 정도 호감
을 갖고 있는 게 사실이었다. 그래서 선물을 받았을 때도 기
분이 좋았다. 이선의 심술로 박살이 나버린 머그컵이 내내
마음에 걸려서 어떻게든 미안함을 표하고 싶었다. 자기가 조
금 더 단호하게 대처했더라면 그런 일은 일어나지 않았을
테니까. 그래서 꼭 사과하고 싶었는데 좀처럼 틈이 나지 않
았다. 다들 퇴근한 지금이 적기라고 생각하고 민호는 겨우
용기를 내어 사과했다.

"누가 그래요?"

세영이 고개를 들고 민호를 똑바로 쳐다봤다.

"예?"

"제가 언제 민호 씨한테 마음을 줬는데요?"

"그게……."

생각지도 못했던 냉랭한 반응에 민호는 당황한 나머지 말을 잇지 못했다.

"민호 씨, 그렇게 자기 멋대로 상상하지 말아요. 제가 진짜 누군가한테 마음을 주면 어떻게 되는지 알아요?"

세영은 싸늘한 눈초리로 민호를 쳐다보며 대답을 기다렸다. 하지만 민호는 아무 말도 하지 못했다. 세영은 그럴 줄 알았다는 듯 야릇한 미소를 짓더니 다시 모니터로 고개를 돌리며 조용히 뇌까렸다.

"아마 끔찍할 거예요."

민호는 잔뜩 주눅 든 얼굴로 세영을 바라보다가 더는 있어 봐야 소용이 없다는 걸 깨닫고 서둘러 사무실을 나갔다.

이윽고 민호의 발소리가 멀어지자 세영은 천천히 고개를 들었다.

"웃겨, 정말……."

이선은 화장실에서 손을 씻고 나서 사무실에 돌아가지 않고 일부러 1층 로비로 내려왔다. 모두가 퇴근하고 나면 싫든 좋든 여덟 시까지는 세영과 단 둘이 사무실에서 보내야하는데 조금이라도 그 시간을 줄이고 싶었다. 아침에도 그렇고, 휴게실에서 당했던 일을 떠올리면 얼굴을 마주하는 것조차 싫었다.

"아, 몰라. 묻지 마, 나도 짜증나니까."

시간도 때울 겸 재욱에게 전화를 걸었더니 남자친구라는 게 위로는커녕 고소하다는 듯 놀려대고 있었다.

"그래서 오겠다는 거야, 말겠다는 거야. 말했잖아. 싫든 좋든 여덟 시까지는 있어야 한다니까. 그래, 그렇다니까. 몇 번을 물어. 어쨌든 시간 맞춰 올 거지? 알았어. 그럼 이따가 봐. 늦지 말고."

이선은 남자친구와 통화를 끝내고 또 뭘 하며 시간을 보내야하나 싶어 고개를 돌렸다. 그때 엘리베이터가 도착하더니 민호가 내렸다.

"민호 씨, 지금 가는 거야?"

이선은 반가움에 민호에게 손을 들어보였다.

무슨 일인지 민호는 평소랑 다르게 건성으로 고개를 숙이고는 황급히 회사 건물을 빠져나갔다.

"쟤는 또 왜 저래."

이선은 못마땅한 얼굴로 빠르게 멀어지는 민호의 뒷모습을 쳐다봤다. 이윽고 민호의 모습이 시야에 사라졌다.

문득 이선은 주변을 흘끗 살피더니 어두컴컴한 로비에 혼자 있다는 사실을 깨닫고 황급히 엘리베이터에 올라탔다.

사무실에 돌아오니 홀로 남은 세영이 열심히 자판을 두드리고 있었다. 상사가 왔는데도 눈길조차 주지 않는 태도가 영 마뜩치 않았지만 이미 오늘만 몇 번이나 당돌한 모습을 봤기 때문에 그냥 그런가보다 하고 여겼다.

이선은 손목시계를 한번 보고는 자리로 돌아가 앉아서 노트북을 열고 웹서핑을 하며 시간을 때웠다. 그렇게 한 시간쯤 지나자 슬슬 인내심의 한계를 느꼈다. 부하를 잘못 둬서 이게 무슨 고생인가 싶었다. 갑자기 짜증을 느낀 이선은 자리를 박차고 일어나 세영에게 성큼성큼 다가갔다.

"신세영! 아직 멀었어?"

세영이 모니터 위로 고개를 내밀었다. 사실 세영은 이미 오래 전에 서류작성을 끝마쳤지만 일부러 제출하지 않고 있었다.

"오늘 내로 끝낼 순 있는 거야?"

이선이 물었다.

"……"

세영은 아무 소리도 들리지 않는다는 듯 다시 모니터에 고개를 처박고 묵묵히 자판만 두드렸다.

"뭐야. 지금 내 말 씹는 거야?"

이선은 세영이 자신을 무시하고 있다고 느꼈는지 인상을 쓰며 목소리를 높였다. 하지만 그럼에도 세영은 아랑곳하지 않고 자판만 두드릴 뿐이었다. 이선이 더는 못 참겠다는 듯 한마디 하려는데 갑자기 휴대전화가 요란하게 울어댔다. 발신자 정보를 보니 부부동반으로 해외여행을 떠난 이선의 부친이었다.

"아빠!"

이선은 돌아서더니 언제 인상을 썼냐는 듯 환하게 웃는 얼굴로 전화를 받았다.

"나? 아니, 아직 회사야. 야근까진 아니구. 응, 그냥 좀……."

잠시 말을 멈춘 이선은 흘끗 세영을 보더니 목소리를 낮추었다.

"골칫거리가 좀 있어서 그래. 엄마랑 같이 해외여행 가니까 좋아? 그렇게 미안하면 비싼 선물 하나 사오든가. 알았어요. 내년엔 꼭 같이 가요. 예, 그래요. 그럼 재미있게 보내시고. 이만 끊어요."

이선은 통화를 끝내자마자 정해진 수순처럼 벽시계를 쳐다봤다. 몇 분만 있으면 곧 여덟 시였다.

"이제 시간이 거의 다……."

올 것이 왔다는 듯, 이선은 의미심장한 미소를 지으며 고개를 돌렸다. 그런데 언제 다가왔는지 세영이 두툼한 서류뭉치를 들고 기다리고 있었다.

"뭐야? 정말로 다 한거야?"

이선은 미심쩍다는 듯이 물었다.

"예."

세영은 조용히 대꾸했다.

"의외네. 그럼 어디 한번 볼까?"

이선은 별로 기대하지 않는다는 듯 코웃음을 치며 서류를 하나, 하나 넘겼다.

세영은 말없이 서서 이선의 반응을 살폈다.

뭔가 꼬투리를 잡을 요량으로 꼼꼼하게 보고서를 검토하던 이선은 예상과 다르게 제법이라는 듯 흡족한 표정을 지었다.

"잘했네. 진작 이렇게 했으면 됐잖아."

이선은 결제란에 도장을 찍었다.

"암튼 늦게까지 수고했어. 세영 씨, 이제 퇴근해."

그렇게 말하며 가방을 챙기는데 무슨 까닭에선지 세영은 책상 앞에서 움직이지 않고 이선을 물끄러미 쳐다봤다.

"뭐해? 퇴근하라니까?"

이선은 다소 짜증 섞인 목소리로 말했다.

"저어, 손가락은요?"

세영이 물었다.

"손가락?"

무슨 의미인지 몰라서 이선은 어리둥절한 표정을 지었다.

"잊으셨어요? 저랑 약속하셨잖아요. 제가 여덟 시 전에 끝내면 손가락 하나 자르시겠다고 하셨잖아요."

세영은 끔찍한 이야기를 아무렇지도 않게 내뱉었다.

그때서야 아침에 있었던 일을 상기한 이선은 황당하다는 듯이 세영을 쳐다봤다. 그걸 진지하게 생각해보지 않았기 때문이다.

"그래서 뭐야. 정말로 내 손가락을 자르기라도 하겠다는 거니. 신세영! 너, 지금 그걸 말이라고 해?"

이선은 너무 어이가 없는 나머지 자기도 모르게 빽 소리를 질렀다. 하지만 세영은 전혀 위축되지 않고 당연하다는 듯 고개를 끄덕였다.

"예. 약속은 약속이니까요."

"뭐 이런…… 아니, 그건 그냥 해본 소리지……."

"저는 그냥 한 소리가 아닌데요."

세영은 정색한 얼굴로 대꾸했다.

"야! 너 정말……."

이선은 혀를 차고는 세영을 사납게 노려봤다.

"내 참 어이가 없어서……."

세영은 전혀 물러설 기미를 보이지 않았다. 그저 물끄러미 이선을 바라보며 약속을 이행하라는 듯 무언의 압력을 넣을 뿐이었다.

"너, 설마…… 진심이야?"

비로소 세영이 진지하다는 걸 깨달은 이선은 당혹스럽다는 듯 떨리는 목소리로 물었다.

세영은 말없이 고개를 끄덕였다.

이 아이, 지금 장난치는 게 아니다. 진심이다. 정말로 내 손가락을 자를 생각이다. 이선은 자기도 모르게 입술을 파르르 떨었다.

"너! 이거 내일 얘기해."

덜컥 겁이 난 이선은 가방을 챙기곤 황급히 걸음을 옮겼다. 그러자 세영이 손을 뻗어 이선의 팔을 잡았다.

"뭐야!"

이선은 세영의 손을 거칠게 뿌리치며 날카롭게 소리쳤다. 하지만 긴장한 탓인지 목소리가 갈라졌다.

"팀장님, 그냥 오늘 한 약속은 오늘 지키세요. 최소한 성의는 보이셔야죠."

세영은 태연하게 말했다.

"너, 지금 뭐라는 거야!"

"그럼……."

말끝을 흐린 세영이 손가락 한마디를 가리키며 마치 대단한 선심을 베푼다는 투로 넌지시 말했다.

"딱 요만큼만 자르는 걸로 절충하시죠. 팀장님, 그 정돈 괜찮으시죠?"

그러더니 야릇하게 웃어보였다.

"뭐 이런 미친 또라이가 다 있어!"

이선은 버럭 소리를 질렀다. 키도 자기가 훨씬 크고 나이도 많으며 게다가 상사가 아닌가. 이런 조그맣고 버릇없는 아이에게 내가 겁먹어야 할 이유가 없다. 그렇게 생각하며 완력이라도 써서 제압하려고 다가서려는데…….

저건 뭐지?

이선은 뒤늦게 세영이 손에 뭔가 감추고 있다는 걸 발견했다. 그것은 날이 새파랗게 선 커다란 사무용 가위였다. 가위를 확인하자마자 전의가 완전히 꺾여버린 이선은 주춤주춤 뒤로 물러섰다.

"너…… 진짜 미쳤구나?"

이선은 질렸다는 듯이 내뱉었다.

세영은 생글생글 웃으며 억울하다는 투로 대꾸했다.

"미치다니요. 그저 약속을 지키려는 거뿐인데요. 제가 뭐 잘못했나요?"

"너, 내일 얘기해!"

이선은 가방을 뺏길세라 가슴에 안더니 세영을 거칠게 밀치며 도망치듯 사무실을 뛰쳐나왔다.

"아, 뭐야. 쟤, 진짜 미친 거 아냐."

이선은 중얼거리며 걸음을 재촉했다.

기분 탓인지 오늘따라 복도가 유난히 길게 느껴졌다.

걸음을 옮기다가 흘끗 뒤를 돌아보니 어두운 저편에 누군가가 우두커니 서 있었다. 실루엣을 보니 세영이 틀림없었다. 여전히 손에는 커다란 가위를 쥐고 있었다.

"팀장님, 약속은 지키셔야죠."

세영의 목소리가 어두운 복도에 음산하게 울려 퍼졌다.

"팀장님……."

이선은 몸서리를 치며 엘리베이터 버튼을 눌렀다. 하지만 바람과는 달리 곧바로 문이 열리지 않았다.

엘리베이터는 1층에 머물러있었다.

이윽고 엘리베이터가 올라오기 시작했다.

하지만 올라오는 속도가 답답할 정도로 너무 더뎠다.

"약속했잖아요, 팀장님."

세영이 이선을 부르며 걸어오고 있었다.

또각, 또각.

바닥을 울리는 세영의 발소리가 점점 크게 들렸다.

마음이 급해진 이선은 엘리베이터 버튼을 신경질적으로 눌러댔다. 속이 바짝바짝 타들어갔다.

"뭐야, 왜 이렇게 안 올라와. 진짜 미치겠네……."

이선은 무심코 옆을 쳐다봤다가 하마터면 비명을 지를 뻔 했다. 가위를 든 세영이 바로 지척까지 다가왔기 때문이다. 손만 뻗으면 닿을 만큼 가까웠다.

순간 차임이 울리며 엘리베이터가 도착했다.

이선은 기다렸다는 듯이 안으로 뛰어들었다. 그러고는 닫힘 버튼을 누르는데 문 앞에 세영이 가위를 들고 서 있었다.

세영은 이선을 쳐다보며 싸늘히 웃었다.

다행히 곧바로 엘리베이터 문이 닫히고 하강하기 시작했

다. 간발의 차이였다. 조금만 늦었더라도 무슨 일이 벌어졌을지 정말 상상하기도 싫었다. 이선은 몸서리를 치며 벽에 바짝 붙었다.

이선을 놓친 세영은 불 꺼진 화장실로 발을 들였다.
불빛도 없이 희미한 달빛만 비추고 있어서 거울에 비친 세영의 얼굴이 괴기스럽게 느껴졌다.
세영은 가위를 세면대 옆에 내려놓고 가만히 거울을 쳐다봤다.
이선을 눈앞에서 놓친 게 못내 아쉬운 모양이었다. 무표정하게 바라보며 오른손을 뻗어 거울에 댔다. 그러고는 천천히 손을 떼자 습기가 찬 거울에 손바닥 모양으로 자국이 남았다.
세영은 다시 손을 뻗더니 거울에 난 손바닥 자국을 휙, 하고 그었다. 정확히 가운데손가락 마디부분을 가로질렀다.
세영은 야릇한 미소를 흘리더니 조용히 화장실을 나왔다.

"걔 완전 또라이야. 개또라이……."
음료수를 홀짝이던 이선은 중얼거리며 몸서리를 쳤다.
차 안이었다. 옆에선 재욱이 운전대에 두 발을 올려놓고 길게 누운 채 히죽거리고 있었다.
이선은 마중 나온 남자친구를 재촉하여 회사에서 몇 블

록 떨어진 곳까지 달려와 차를 세워놓고 따듯한 캔 음료를 마시며 놀란 가슴을 진정시키고 있었다.

"걔 진짜 물건이네. 오덕후가 아니라 완전 십덕훈데?"

뭐가 그렇게 재미있는지 남의 속도 모르고 재욱은 눈치 없이 킬킬거렸다.

"웃지 마. 나 완전 심각하단 말이야."

이선은 눈을 흘기더니 운전대에 올려놓은 재욱의 다리를 툭 쳤다.

"그리고 다리 좀 내려! 벌써 몇 번을 말하니. 넌 내 차 빌려 쓰는 주제에 자세가 영 불량하다."

"그래도 잘 생겼으니까 봐줘. 니가 어디 가서 이렇게 잘난 남친을 만나겠냐."

재욱은 마지못해 다리를 내리면서도 어울리지도 않게 애교를 떨었다.

"넌 같이 걱정 좀 해주면 어디 덧나니?"

이선은 한숨을 내쉬었다.

"그럼 내가 어떻게 해줄까? 걔, 뒷조사라도 해줄까?"

"아, 병! 야! 니가 무슨 흥신소 똘마니니? 뒷조사를 하게. 하여튼 말도 참 저렴하게 해."

"이거 봐, 이거 봐. 이렇게 서방님에 대한 믿음이 없어. 잊었어? 이래봬도 내가 왕년에 시사고발 프로그램도 했던 몸이야. 까짓 누구 뒷조사 하는 건 일도 아니지. 나를 어떻게 보고, 진짜."

"아, 그러세요. 그러신 분이 경리 아가씨 뒷조사는 소홀하셨나보네."

이선은 코웃음을 쳤다.

"아, 진짜. 걔는. 당시에 내가 좀 바빠서 조사를 건너뛰다보니까……."

재욱은 자기가 말해놓고도 어설프다고 느꼈는지 슬며시 말끝을 흐렸다.

뭔가 곰곰이 생각하던 이선은 남자친구를 쳐다보며 조심스럽게 말을 꺼냈다.

"그런데 진짜 뒷조사 해줄 수 있어?"

그러자 재욱은 한번 믿고 맡겨보라는 듯 가슴을 두드렸다.

"걱정 마. 내가 누구냐. 나 못 믿어? 싸모님, 맡겨만 주십쇼."

"그럼 그 애 꼬투리 잡을만한 게 있는지 한번 알아봐줘. 뭐라도 하나 걸리면 그땐 나도 가만 안둘 거니까."

"오케이, 바로 시작합죠."

심야의 방문

심야의
방문

남자친구와 헤어진 이선이 오피스텔 건물에 거의 다다랐
을 때다. 주머니에서 휴대전화가 울렸다.

"여보세요?"

"팀장님, 퇴근하셨어요?"

전화를 건 사람은 화영이었다.

"응. 지금 집에 거의 다 왔어. 근데 왜?"

아닌 게 아니라 이 늦은 밤에 무슨 일인가 싶었다. 사실
퇴근한 후에는 아무리 친한 사이라도 회사동료에게 걸려오
는 전화를 받는 건 그리 달갑지 않았다. 이선의 목소리에서
그런 기미가 느껴졌는지 화영이 조심스럽게 말을 꺼냈다.

"저어, 그게 아까 회사 일도 있고 해서요. 제가 아는 후배

한테 좀 더 캐봤는데요. 세영이 말예요. 완전 이상해요."

"이상해? 어떤 게?"

이선은 세영에 대한 이야기라는 말에 귀가 솔깃해졌다.

"그러니까…… 세영이 걔 귀신 들렸대요."

"뭐? 귀신?"

갑자기 무슨 귀신 타령인가 싶어서 이선은 황당하다는 듯
이 되물었다.

"사람들한테 무슨 저주 같은 걸 건다나? 걔랑 같이 있으면
불길한 일이 막 생긴다고 그러더라고요."

"화영 씨, 그게 무슨 소리야? 지금 그걸 나보고 믿으라고?
귀신이 들린 거 뭐고, 저주는 또 뭐야. 말이 되는 소리를 해."

"아무튼 찝찝하잖아요. 같이 사무실 쓰는데……."

화영은 일부러 생각해서 정보를 캐왔는데 못 알아주니 서
운하다는 듯 볼멘소리를 냈다.

"알았어. 이 이야기는 나중에 다시 하기로 하자. 나 지금
좀 피곤하기도 하고. 늦었다. 내일 봐."

통화를 끝낸 이선은 무의식중에 주변을 살폈다. 조금 전에
화영에게 들은 이야기 때문인지 괜히 으스스한 기분이 들었
다. 그리고 왠지 모르게 누군가가 자신을 지켜보고 있다는
느낌마저 들었다.

오싹해져서 서둘러 집에 들어가려고 휴대전화를 상의 주
머니에 넣는데 뭔가 부스럭거리며 손에 잡혔다.

조심스럽게 꺼내보니 두 번 접은 종이쪽지였다.

가만히 쪽지를 펼치던 이선은 그 안에 적힌 글씨를 보고 눈을 휘둥그레 떴다. 그것은 피로 쓴 게 분명한 자신의 이름이었다. 이선은 한 박자 늦게 비명을 지르며 종이를 떨어뜨렸다.

"뭐야, 이게!"

이선은 더러운 오물이라도 만졌다는 듯 손을 옷에 문지르고는 황급히 건물 안으로 들어갔다.

마음을 졸이며 간신히 집에 들어오는 데 성공한 이선은 일단 잠금장치부터 단단히 걸어 잠갔다. 그러고는 구두를 벗고 걸음을 옮기다가 문득 집 안에 감도는 지나친 적막이 무척 거슬렸다. 혼자 사는 집이니 조용한 게 당연한데도 왠지 모르게 설명하기 힘든 위화감이 느껴졌다. 마치 누군가가 몰래 들어와 집 안 어딘가에 숨어서 조용히 지켜보고 있는 것 같았다.

생각이 거기까지 미치자 이선은 발소리를 죽이며 살금살금 주방으로 가서 식칼 하나를 집었다. 그 칼을 손에 쥐고 조심스럽게 집 안을 둘러보았다. 하지만 걱정과는 달리 집 안 어디에도 누군가가 침입한 흔적이 없었다.

"지금 뭐하는 짓이니……."

스스로 생각해도 어이가 없었는지 이선은 피식 웃고는 주방으로 가서 칼을 제자리에 놓았다. 일단 씻으면 기분이 한

결 나아질 것 같아 치마를 벗고 욕실로 걸음을 옮기는데 별 안간 밖에서 누군가가 문고리를 잡고 거칠게 흔들었다.

철컥! 철컥!

깜짝 놀란 이선은 황급히 거실로 나와 현관문을 응시했다.

또 다시 문고리가 거칠게 흔들렸다.

분명히 누군가가 밖에서 문을 열려고 손잡이를 돌리고 있었다.

"누, 누구세요?"

이선이 떨리는 목소리로 물었다.

그러자 거짓말처럼 손잡이의 움직임이 멈추더니 이번에는 초인종이 울렸다.

"누구세요?"

이선이 다시 물었다.

침묵.

그러더니 다시 초인종이 눌렸다.

"누구시냐고요! 말을 하세요!"

이선이 버럭 소리를 질렀다.

하지만 대답은 하지 않고 계속 초인종만 눌러댔다.

그때서야 이선은 인터폰의 모니터를 확인했다.

네모난 화면을 가득 채우고 있는 건 다름 아닌 무표정한 세영의 얼굴이었다.

"쟤가 우리 집을 어떻게 알고……."

이선은 자기도 모르게 흠칫 놀라며 뒷걸음질을 쳤다.

"팀장님, 문 좀 열어주세요."

밖에서 세영이 이선을 불렀다. 하지만 이선은 아무런 대꾸도 하지 않았다.

"팀장님, 안에 계시잖아요. 문 좀 열어주세요."

세영은 높낮이가 거의 없는 무미건조한 목소리로 문을 열어줄 것을 종용했다. 하지만 이선은 거기에 응할 생각이 전혀 없었다.

"너, 정말 왜 이러니."

"팀장님, 문 좀 열어 달라고요. 저하고 약속하셨잖아요. 잊으셨어요? 약속하신 건 지키셔야죠."

이선은 몸을 부르르 떨었다. 이제 보니 무서울 정도로 집요한 아이였다. 아무리 그래도 그렇지. 이렇게 집까지 찾아올 줄은. 아니, 그보다 집은 어떻게 알고 찾아왔는지. 생각하면 할수록 기분이 오싹했다. 그래서 문을 더 열어줄 수가 없었다. 괜히 저 섬뜩한 아이를 집 안에 들였다가 무슨 봉변을 겪을지…….

"내가 내일 회사에서 얘기하자고 했지? 빨리 꺼져! 아니면 경찰 부를 거야!"

이선이 날선 목소리로 으름장을 놓자 다시 조용해졌다. 모니터를 확인하니 세영의 모습도 보이지 않았다. 그래도 마음을 놓을 수가 없었다. 이선은 휴대전화를 찾아 남자친구에게 전화를 걸었다. 이럴 때 남자친구라도 옆에 있으면 마음이 놓일 것 같았다. 하지만 수화기 너머에서 들려오는 목소리는 남자친구의 것이 아니었다. 전원이 꺼져서 연결을 할 수 없다는 단조로운 안내 메시지만 들릴 뿐이었다.

"아, 짜증나. 헤어진 지 얼마나 됐다고 그새 전화기를 꺼놨니. 하여간에 도움이 안 된다. 도움이……."

그때였다.

다시 초인종이 울렸다.

"아이, 씨! 야! 신세영! 그만! 그만 좀 하란 말이야!"

이선이 참지 못하고 버럭 소리를 질렀다.

잠시 사이를 두고 밖에서 낯선 젊은 남자의 목소리가 들렸다.

"저기요. 택배 왔는데요. 여기가 한이선 씨 댁 아닌가요?"

"맞는데…… 지금 이 시간에 택배가 와요?"

이선은 시간을 확인하고는 미심쩍다는 투로 물었다. 상식적으로 생각해봐도 택배가 오기엔 너무 늦은 시각이었다.

"아, 그게 오늘따라 물량이 너무 많아서 조금 밀렸습니다."

이선은 여전히 믿음이 가지 않아 모니터를 확인했다.

젊은 남자가 모자를 쓰고 택배회사 로고가 선명하게 박힌 조끼를 걸친 채 문 앞에 서 있었다.

"죄송한데, 그냥 거기 밖에 두고 가세요."

거짓말을 하는 것 같진 않았다. 하지만 선뜻 문을 열어주기엔 어딘가 모르게 찜찜한 기분이 들었다.

"사인하셔야 하는데…… 그러지 말고 문 좀 열어주세요."

남자는 곤란하다는 듯 완곡하게 부탁했다.

"제가 하는 말 못 들었어요. 그냥 두고 가시라고요!"

이선이 빽 소리를 질렀다.

"아, 예. 알겠습니다."

남자가 한숨 섞인 목소리로 대꾸하고는 상자를 문 앞에 내려놓았다.

이선은 잠잠해지기를 기다렸다가 조심스럽게 현관문을 열었다. 바로 앞에 남자가 놔두고 간 상자가 보였다.

이선은 혹시나 하는 마음에 서둘러 상자를 집으려고 손을 뻗었다.

바로 그때였다.

덥석!

갑자기 검게 그을린 손이 불쑥 튀어나와 이선의 손목을 움켜쥐었다.

"아아악!"

깜짝 놀란 이선은 비명을 지르며 엉덩방아를 찧었다. 그러자 모니터에서 봤던 젊은 남자가 얼굴을 내밀었다.

"여기에, 싸인 좀……."

남자는 이선에게 송장을 내밀며 넉살 좋게 웃었다.

하루에 너무 많은 일을 겪어 피곤했던지 이선은 샤워를
마치고 침대에 눕자마자 깊은 잠에 빠져들었다.

그렇게 얼마나 시간이 흘렀을까.

나쁜 꿈이라도 꿨는지 몸을 몇 차례 뒤척이던 이선은 어
떤 알 수 없는 위화감을 느끼고 슬며시 눈을 떴다. 그러고는
어두운 집 안을 두리번거렸다. 처음에는 너무 깜깜해서 아
무것도 보이지 않았다.

하지만 차차 어둠에 익숙해지자……

순간 이선은 헉! 하고 신음을 토하며 벌떡 일어났다.

책상 앞에 거뭇한 실루엣이 보였기 때문이다. 잘못 본 게
아니었다. 분명히 누군가가 앉아있었다.

"누구야!"

대답 대신에 딸각하는 소리와 함께 스탠드가 켜졌다.

불빛 아래 드러난 사람은 바로 세영이었다.

이선은 소스라치게 놀라며 본능적으로 이불을 끌어당겨
몸을 감쌌다. 고작 그것밖에 할 수가 없었다. 머릿속이 백짓
장처럼 새하얘졌다. 도대체 집은 어떻게 알았을까. 비밀번호
는 또 어떻게 알고…….

세영이 고개를 돌리더니 비릿한 미소를 지으며 이선을 쳐
다봤다.

"여기는 어, 어떻게 들어왔어?"

이선은 떨리는 가슴을 진정시키며 간신히 물었다.

"제가 팀장님에 대해서 모르는 게 있는 줄 아세요?"

세영이 피식 웃으면서 고개를 흔들었다.

"뭐?"

"그거 알아요? 자기 생일을 비밀번호로 쓰는 사람들은 자기애가 강한 사람이래요. 팀장님도 그런 부류일거 같았어요."

"……."

정곡을 찔린 이선은 아무 대꾸도 할 수 없었다.

"팀장님은 제가 싫죠?"

세영이 불쑥 물었다.

"아, 아니야. 그럴 리가……."

이선은 세영의 서슬에 눌려 그렇지 않다고 부정했다.

"그럼 나 좋아해요?"

세영이 다시 물었다.

"어? 그, 그게 노, 노력하고 있어……."

롤러코스터처럼 종횡하듯 일관성 없는 질문에 이선은 당황해서 말을 더듬었다.

"저는 팀장님이 정말 부러워요. 모두에게 사랑을 받는다는 건 어떤 기분일까…… 궁금해요."

세영이 마치 스스로에게 묻듯 자조적으로 말했다.

"……."

이선은 앞서 뜬금없는 질문들도 그렇고 세영이 하려는 이야기가 무엇인지 종잡을 수가 없었다.

"사람들이 저를 뭐라고 부르는지 아세요?"

세영이 물었다.

이선은 황급히 고개를 가로저었다.

세영은 그럴 줄 알았다는 듯 싱긋 웃더니 나지막하게 말했다.

"저보고, 마녀래요."

이선은 자기도 모르게 무의식중에 "마녀?"라고 중얼거렸다.

새벽의 고백

세영의
고백

맞아요, 나는 마녀에요.

나는 태어나면서부터 불행을 몰고 왔거든요.

언니가 있었어요.

엄마 말로는 내가 태어난 그날부터 언니가 아프기 시작했
대요. 원래는 무척 건강했는데 말이죠.

갑자기 쇠약해지더니 나중에는 혼자 힘으로는 집밖으로
나가지도 못하고 매일같이 침대에 누워만 있어야 했어요.

아시겠어요?

내가 태어나서 그런 거예요.

나는 마녀니까, 내 존재만으로도 언니에게 저주를 건 거죠.

엄마랑 아빠, 모두 나를 미워하는 게 느껴졌어요. 물론 두

사람 다 내색한 적은 없었지만 나는 본능적으로 알고 있었어요. 그런 거 있잖아요. 누군가가 나를 싫어하면 꼭 말로 표현하지 않아도 느낌으로 아는 거. 그리고 원래 나쁜 생각은 의외로 빨리 티가 나는 법이잖아요.

안 그래요?

언니도 딱히 날 좋아하진 않았어요.

아니, 속으로는 날 미워했을라나.

그래도 난 언니에게 매일같이 죽도 떠먹여주고 나름 잘 보살폈어요. 언니를 아끼고 좋아해서?

설마, 그럴 리가.

말했잖아요. 나는 마녀라고.

내가 그렇게라도 하지 않았다면 아마 부모님은 나한테 용돈을 주지 않았을 거예요. 그러니 최소한 시늉은 해야죠.

아, 한번은 이런 적이 있었어요.

그날도 언니한테 죽을 떠먹여주고 있었거든요. 그런데 언니가 갑자기 죽을 먹다말고 나를 물끄러미 쳐다보는 거예요.

나한테 무슨 할 말이라도 있나 싶어서 나도 쳐다봤죠. 그러니까 언니가 이렇게 말하더라고요.

세영아, 난 말이야. 누가 뭐래도 널 미워하지 않아.

자기도 뭔가 찔렸나보죠. 물어보지도 않았는데 그런 말을 하다니.

그래서 내가 이렇게 말해줬어요.

그렇다고 좋아하는 것도 아니잖아, 라고.

그러니까 언니가 피식 웃으면서 말하더라고요.

넌 말이야. 바늘 같아.

나보고 바늘이래요, 바늘.

그래서 대꾸해줬죠.

그러니까 내 옆에 함부로 다가오지 마. 찌를 거야.

나는 진심으로 말했는데 언니는 농담으로 받아들였는지 웃어넘겼어요. 바보처럼 말이죠.

한번은 또 이런 적도 있어요.

그때 나는, 언니랑 있다 보면 심심할 때가 많아서 그냥 시간도 때울 겸 기타를 치고 있었어요.

연주곡은 즐거운 나의 집?

내 연주가 거슬렸나. 누워있던 언니가 힘겹게 몸을 일으키더니 창백한 얼굴로 나를 쳐다보더라고요.

세영아. 나, 죽어버릴까? 이렇게 사느니, 차라리 그게 낫겠어.

언니는 나한테 죽고 싶다고 말했어요.

하지만 나는 아무 대꾸도 하지 않았어요. 그냥 다시 기타만 쳤죠. 아까도 말했지만 나는 나쁜 기운을 풍기는 마녀에요. 그래서 주변 사람들도 내가 내뿜는 나쁜 기운에 영향을 받는 거죠. 언니도 그랬을 거예요. 그래서 죽고 싶단 생각이 들었겠죠. 솔직히 내가 그때 언니를 죽여줄 수도 있었어요.

어머나? 놀라셨나봐.

농담이에요, 농담.

아, 맞다. 우리 아빠는요. 나한테는 눈곱만큼도 관심도 없었지만 언니는 정말 끔찍하게 아꼈어요.

그게 어느 정도였냐면…….

언제였더라.

아마도 시험 기간이었을 거예요.

일찍 집에 왔더니 아무도 없는 것처럼 무척 조용했어요. 언니야 원래 있으나마나한 존재니까.

그래서 그냥 내 방으로 가려는데, 아주 희미하게 한숨 비슷한 소리가 언니 방에서 들렸어요.

호기심이 생겼죠.

분명히 언니의 숨소리는 아니었으니까.

발소리를 죽이고 언니 방으로 다가가 살며시 문을 열어봤어요. 살짝 열린 문틈으로 아빠가 보이더라고요.

누워있는 언니 옆에 앉아서 언니의 얼굴을 어루만지고 있었어요.

어찌나 애절한지.

그런데요. 뭐랄까. 그 느낌이 뭔가 아빠와 딸 사이가 아니라 마치 연인처럼 보였어요. 왜 그런 생각을 했냐고요. 아빠가 인기척을 느꼈는지 고개를 돌렸다가 나와 시선이 마주쳤거든요. 그때 아빠의 눈빛에서 자기를 방해하지 말라는 무언의 압박 같은 게 느껴졌어요. 그 느낌이 너무 강렬해서 황급히 문에서 떨어졌죠.

그렇게까지 언니를 아꼈나. 그렇게 애틋할 정도로? 갑자기 억울한 느낌이 들더라고요. 왜 나만 차별받아야하는지. 내가 낳아달라고 했나. 아, 하기는 아빠는 내가 태어나는 걸 바라지 않았다고 했었지?

뭐, 암튼.

그날 저녁이었어요.

엄마, 아빠랑 밥을 먹는데 자꾸만 낮의 일이 머릿속에서 맴돌더라고요. 그러다가 갑자기 궁금해졌어요.

언니가 죽으면, 누가 제일 슬플까?

내가 물었어요.

후훗, 갑자기 그런 걸 물어서 꽤 충격이었나 봐요.

엄마는 국을 떠먹다말고 멈칫하더니 놀란 토끼눈으로 나를 쳐다봤어요.

아빠요? 아빠가 대박이었죠.

갑자기 숟가락을 내던지더니 나를 사납게 노려봤어요. 정말로 나를 죽일 것처럼 아주 무시무시한 눈빛이었어요.

내가 진짜 어이가 없어서⋯⋯.

그날 밤, 나는 과일을 가지고 언니 방으로 갔어요. 아주 조금은 미안한 마음도 있어서 과일이나 깎아주려고 했죠. 그런데 곤히 자고 있더라고요. 가만히 서서 언니가 자는 모습을 지켜봤어요. 아기처럼 편안한 언니의 얼굴을 보고 있는데 이유는 모르겠지만 갑자기 화난 얼굴로 나를 노려보던 아빠가 떠올랐어요.

순간 언니를 죽이고 싶다는 생각이 들었어요.

아마 그때가 처음이었을 거예요. 살면서 누군가에게 충동적으로 살의를 느낀 게. 한번 그렇게 내 안에서 일어난 살의는 좀처럼 수그러들지 않았어요. 아니, 오히려 점점 더 강렬해져만 갔어요.

그래서 내가 어떻게 했을 것 같아요?

과도를 집었어요.

아시죠? 과도, 과일 깎는 칼.

그러고는 그 칼을 벌어진 언니의 입술 사이로 밀어 넣었죠.

아주 조금씩, 조금씩.

거의 목젖에 닿을 정도로.

끝까지 밀어 넣지는 못했어요. 그대로 칼을 꺼냈어요.

조금만 더 밀어넣었어도 그때 언니의 숨통이 끊어졌을 거예요. 하지만 나는 그러지 않았어요.

이유요? 글쎄요. 왜 그랬을까요. 아마도 그때는 준비가 덜 되었는지도 모르죠. 누군가를 죽이기엔.

묘한 흥분이 감돌더라고요.

두려움인지, 분노인지, 그건 잘 모르겠지만 어떤 열기가 내 안에 남아있었어요. 어떻게든 그걸 분출하지 않으면 안 되었어요. 그래서 표출했죠. 침대머리맡에 놓인 화병의 꽃을 가위로 싹둑!

그러고는 내 방으로 돌아왔어요.

금방 후회가 되더라고요.

죄책감? 아니요. 확실하게 끝맺지 못한 것에 대한 후회죠. 말했잖아요, 나는 마녀라고.

뭔가 조치가 필요했어요. 그냥은 결코 잠을 이루지 못할 것 같았으니까. 그래서 종이를 꺼냈어요. 그걸로 뭘 했냐고요?

저주요.

나는 마녀잖아요. 그러니 마녀답게 저주를 걸기로 했죠.

커터 칼로 손가락 끝에 피를 낸 다음에, 그 피로 종이에 언니 이름을 적었어요. 내 염원을 담아서, 살의를 담아서. 그러고는 그 종이를 불에 태웠어요. 재는 버리지 않고 그릇에 담았어요.

여기서부터 가장 중요해요.

재를 가지고 주방으로 갔어요.

식탁에 엄마가 달여 놓은 언니의 한약이 있었죠. 아빠랑 엄마는 아침에 장사를 하러 가게에 나가야해서 언니 약을 챙겨주는 건 늘 내 몫이었거든요. 나는 재를 부셔서 언니의 약에 넣었어요. 그리고 잘 저었죠. 골고루 섞이게.

뭘 하려고 그랬냐고요?

당연하잖아요. 언니에게 먹여야죠.

약을 가지고 언니 방으로 갔어요. 여전히 곤히 자고 있더라고요. 어쩌겠어요. 자고 있는 사람을 깨울 수는 없잖아요. 그래서 스포이드로 한 방울, 한 방울씩, 언니 입 안에 떨어뜨려줬죠. 자면서도 잘 받아먹더라고요. 그렇게 내 저주를 담은 약을 충분히 먹이고 나서 잠시 지켜봤어요.

그런데 그걸로는 뭔가 부족하다는 느낌이 들었어요.

그래서 침대 위로 올라갔어요.

언니 옆에 누워서 언니의 등에 얼굴을 묻고 허리를 끌어안았어요. 최대한 몸을 밀착시켰죠.

언니의 온기를 느끼면서.

그리고 내 나쁜 기운을 전하면서.

언니가 몸을 뒤척이더라고요.

그때 귓속말로 나지막하게 속삭여줬어요.

죽어, 죽어, 죽어버려.

후후, 저주의 완성. 마녀의 주문인 거죠.

그런데 말이죠. 정말로 정확히 일주일 후에 언니가 세상을 떠났어요. 내 저주가 통한 거죠.

그때 확실히 깨달았어요.

내가 마녀라는 걸.

아, 가엾은 우리 아빠. 어찌나 슬퍼하는지. 몇 날 며칠을 밤낮없이 우는데 만약에 언니가 아니라 내가 죽었어도 그렇게 슬퍼해줄까 싶더라고요.

언니 장례식을 치르고 나서 일주일쯤 지났나. 모처럼 가족끼리 모여서 저녁을 먹는데 아빠가 언니 방 쪽을 한번 쳐다보더니 갑자기 대성통곡을 하는 거예요. 아, 정말 짜증이 나더라고요. 그래서 나는 꿋꿋하게 밥 한 그릇을 싹 비우고 나서 엄마에게 밥을 더 달라고 했어요. 아주 보란 듯이. 아빠가 날 원망스러운 눈초리로 쳐다봤어요. 어쩌면 아빠는 언니의 죽음이 내 탓이라고 여겼는지도…….

그러고 며칠이 더 지나서였어요.

학교에서 돌아와 보니 아빠가 방 문고리에 넥타이를 걸어 목을 맸더라고요. 그것도 확실하게 하기 위해서 비닐봉지까지 뒤집어쓰고.

놀랐냐고요?

아니요. 그다지.

나는 아빠의 의도를 알았는걸요.

아빠는 그렇게 나에 대한 미움을 표현했어요. 언니의 죽음도 내 탓으로 돌리고. 우리 가족이 겪는 모든 불행도.

그때 깨달은 거죠. 나는 누구도 행복하게 할 수 없다는 걸. 그리고 평생 사랑받지 못할 거라는 걸.

나는……

마녀로 태어났으니까.

그래서 아버지의 시신을 보며 비웃어줬어요.

죽음에 대한 예의가 없다고. 그래서 실격이라고.

팀장님, 그거 알아요?

세상에 사랑받는 마녀는 없어요. 더 슬픈 건, 나조차도 내가 싫었어요. 그럴 때 마다 나는 내 몸을 학대했어요. 고통이 클수록 스스로를 더 사랑하게 되거든요. 틈만 나면 칼로 내 몸에 상처를 냈어요.

그러다가 한번은 내 방에서 거울을 보며 커터 칼로 손목을 긋고 있는데 하필이면 엄마가 그날따라 일찍 집에 돌아왔어요. 당연히 엄마는 기겁을 했죠. 비명을 지르며 내게 달려와서 칼을 뺏었어요.

나는 엄마가 나를 몹시 혼낼 거라고 생각했어요.

그런데 말이죠. 내 예상이 틀렸더라고요.

엄마는 손수 내 손목에 붕대를 감아주고 다시는 그러지 말라며 내 손을 꼭 잡아주었어요. 진심으로 걱정해주면서.

그때서야 나는 알았어요.

내가 사랑받을 수 있는 방법을.

그렇게 진짜 마성에 눈을 뜬 거예요.

금지에 몰리다

궁지에
몰리다

이야기를 마친 세영이 천천히 고개를 돌려 이선을 바라봤다. 이선은 세영에게 완전히 압도되어 아무 말도 하지 못했다.

"사람들이 절 어떻게 보는지 알아요. 이상한 소문이 돌았던 것도 알고 있고요. 하지만 그 진실은 아무도 몰라요."

세영은 잠시 말을 멈추고는 자조적인 미소를 지었다.

"뭐, 그런 건 상관없어요. 인생은 어차피 망가져가는 과정이고 모두 다 거짓말처럼 살고 있으니까요. 그래도 난 행복한 사람이에요. 적어도 이젠 사랑받는 법을 알고 있으니까. 아주 간단해요. 조금만, 아주 조금만 아프기만 하면 되요."

거기까지 말한 세영이 어디서 찾았는지 커다란 봉제 가위를 들어보였다. 이선은 세영이 그 가위로 자신을 위협하는 줄로만 알고 이불을 바짝 끌어당겼다. 하지만 세영은 이선에게 다가가지 않았다. 그러기는커녕 가위를 자기 손가락으로 가져갔다. 그때서야 세영의 의중을 간파한 이선은 소스라치게 놀라며 소리를 질렀다.

"안 돼!"

싹둑.

세영은 조금도 망설이지 않고 자기 손가락에 상처를 냈다.

새빨간 핏물이 바닥에 뚝뚝 떨어졌다.

세영은 상처에 난 피로 립스틱을 바르듯 입술을 문질렀다. 그러고는 이선을 바라보며 선홍색으로 물든 입술로 섬뜩한 미소를 지어보였다.

"너무 늦었네요."

세영이 천천히 일어섰다.

"안녕히 주무세요, 팀장님. 내일 봬요."

마치 아무 일도 없었다는 듯, 세영은 꾸벅 인사를 하고는 느릿느릿 거실을 지나서 문을 열고 밖으로 나갔다.

문이 닫히고, 발소리가 멀어졌다.

이윽고 아무 소리도 들리지 않게 되었지만, 이선은 침대에서 내려올 수가 없었다. 그냥 그렇게 뜬 눈으로 밤을 지새웠다.

공포로, 와들와들 떨면서…….

다음날 아침, 세영은 여느 때와 다름없이 사무실에 가장 먼저 출근했다. 늘 하던 대로 아무도 없는 빈 사무실을 홀로 쓸고 닦았다. 평소랑 다른 점이 있다면 검지에 붕대를 감고 있다는 것뿐이었다.

청소를 마친 세영은 이선의 책상에 앉았다. 망설임도 없이 이선의 칫솔을 꺼내더니 그것으로 구두 밑바닥을 닦았다. 이것도 매일같이 해오던 일과 중 하나였다. 칫솔을 가볍게 털고 나서 제자리에 놓은 다음, 자리로 돌아가려다가 문득 모니터 옆의 액자에 눈길을 주었다. 액자 안에는 화사하게 웃고 있는 이선의 사진이 있었다.

세영은 무슨 생각에선지 곧바로 액자를 분해해 사진을 꺼냈다. 그후 서랍을 열어 가위를 찾더니 사진에서 얼굴 부분만 도려냈다. 그러고는 가위를 다시 서랍에 집어넣고 액자를 조립해서 원래 위치에 놓은 다음, 아무 일도 없었다는 듯 자리로 돌아갔다.

조금 있으니 민호와 은정이 나란히 출근했다. 오는 길에 만난 모양이었다. 세영은 자리에서 일어나 두 사람에게 인사했다.

"안녕하세요, 선배님. 안녕하세요, 민호 씨."

"좋은 아침, 세영 씨."

"좋은 아침이에요, 세영 씨."

민호는 웃는 얼굴로 인사하는 세영을 보고 다행이라고 여겼다. 어제 일로 어색할까봐 마음을 졸였던 것이다. 이따가 기회를 봐서 정식으로 사과해야겠다고 생각하며 자리로 가서 앉으려는데 문득 붕대를 감은 세영의 손가락을 보았다.

"어, 세영 씨. 손가락은 왜 그래요?"

"손가락?"

막 자리를 정리하던 은정도 무슨 일인가 싶어서 고개를 들었다가 세영의 손가락에 감긴 붕대를 보고 깜짝 놀라는 표정을 지었다.

"세영 씨, 그게 뭐야. 어디 다친 거야?"

세영은 어색하게 웃으면서 일부러 대답을 회피했다. 때로 침묵은 오해를 낳기 마련이다.

"혹시, 그거……."

은정은 어제 일을 떠올리며 설마 하는 표정으로 물었다. 이번에도 세영은 부정도, 긍정도 하지 않았다. 그냥 이대로 억측하고, 오해하게 만들었다.

"와, 정말 황당하네. 우리 팀장 그렇게 안 봤는데 정말로 손가락을 자르다니. 완전 깬다, 깨."

은정은 혀를 내두르며 고개를 흔들었다.

민호도 세영의 손가락을 걱정스럽게 쳐다보며 조용히 고개를 끄덕였다.

"아프진 않아요, 세영 씨? 많이 다친 거 같은데……."

"괜찮아요. 살짝 긁힌 정도인데요."

세영이 수줍게 웃었다.

"좋은 아침……."

전날 잠을 제대로 자지 못한 탓에 이선은 평소보다 늦게 출근할 수밖에 없었다. 아무리 팀장이라도 지각을 하면 부하들에게 면이 서지 않는다. 그래서 미안한 마음에 일부러 밝은 목소리로 인사를 건넸지만 사람들의 반응이 어딘가 모르게 싸늘했다. 슬쩍 고개를 숙이는 정도가 전부였다. 게다가 웬일인지 다들 세영의 주변에 모여서 자기들끼리 이야기하느라 여념이 없었다.

"뭐야, 다들……."

이선은 야속하다는 듯 나지막하게 중얼거렸다. 그러다가 세영의 손가락에 감겨있는 붕대를 발견했다. 순간 전날 밤의 일이 떠올라 자기도 모르게 몸서리를 쳤다. 하지만 그런 모습이 동료들에게는 다르게 비쳤다. 이선을 바라보는 눈빛이 하나같이 곱지 않았다. 양심에 가책을 느끼고 있냐는 듯, 힐난하는 눈빛이었다.

머쓱해진 이선은 동료들의 시선을 외면하며 자리로 가서 앉았다. 하지만 마음은 영 편치 않았다.

"어……."

가방을 의자에 걸고 책상 위를 정리하려는데 뭔가 평소랑 다르다는 느낌을 받았다. 그게 뭔지 찾다가 모니터 옆의 액자를 발견했다. 이선은 일부러 얼굴만 도려낸 사진을 보고 본능적으로 세영의 소행임을 알아차렸다.

"야! 신세영!"

이선이 벌떡 일어나 소리를 질렀다.

세영이 고개를 들었다.

"무슨 일이세요, 팀장님?"

자기는 아무것도 모른다는 듯 천진난만한 얼굴. 이선은 부아가 치밀었다. 왜 남의 물건에 함부로 손을 댔냐고 추궁하고 싶었지만 그건 어디까지나 심증일 뿐, 확실한 물증이 없었다. 더욱이 사람들이 이선을 바라보는 눈빛이 그렇게 우호적이지 않았다. 드러내진 않았지만 다들 은연중에 세영을 두둔하며 이선을 경계하는 듯했다. 어제까지만 해도 함께 웃고 떠들던 사람들이라는 게 믿어지지 않았다. 불과 하룻밤 사이에 분위기가 완전히 바뀌어버렸다.

'그래도 난 행복한 사람이에요. 적어도 이젠 사랑받는 법을 알고 있으니까. 아주 간단해요. 조금만, 아주 조금만 아프기만 하면 되요.'

이선은 전날 밤에 세영이 했던 말을 떠올리고 지그시 입술을 깨물었다.

"아, 아무것도 아니에요. 일 봐요."

세영은 고개를 꾸벅 숙이더니 다시 자판을 두드리기 시작했다. 하지만 입가에 야릇한 미소가 걸려있었다.

이선은 그 미소가 의미하는 것이 무엇인지 잘 알고 있었다. 하지만 사람들이 보는 앞에서 드러내고 반박할 수 없었다. 분하지만 속으로 삭여야했다. 이선은 입술을 지그시 깨물고 세영을 바라보다가 휴대전화를 챙겨서 사무실을 나갔다. 그길로 곧바로 옥상으로 올라갔다.

이선은 재욱에게 전화를 걸었다. 안 그래도 어젯밤부터 연락이 되지 않아 은근히 신경이 쓰인 터였다. 신호음이 몇 번 울리더니, 어젯밤과 마찬가지로 전원이 꺼져있다는 안내메시지만 공허하게 흘러나왔다.

"어젯밤부터 전화기도 꺼놓고 대체 어디서 뭐하는 거야. 하여튼 남친이라고 하나 있는 게 정말 도움이 안 돼……."

이선은 신경질적으로 전화를 끊었다.

"하아, 되는 일이 하나도 없네."

머리를 쥐어뜯으며 서성이고 있는데 누군가가 옥상으로 올라왔다.

은정이었다.

두 사람은 서로 눈인사를 했다.

"팀장님."

은정이 담배를 피워 물며 이선에게 다가왔다.

"……?"

이선은 은정을 쳐다봤다.

"팀장님, 다시 봤어요."

이건 또 무슨 소리지? 이선은 고개를 갸우뚱했다.

"뭐가?"

"설마 했는데…… 어떻게 진짜로 손가락 자를 생각을 하셨어요? 진짜 깡 하난 대박이세요."

이선은 한숨을 내쉬었다. 이제야 아침부터 사람들이 자기를 곱지 않은 시선으로 바라보는 이유를 알게 되었다. 세영 때문이었다. 그 얄미운 계집애가 가운데서 이간질을 시켰던 것이다.

"은정 씨, 그게 아니라……."

"아무리 일 못하고 얄미운 말단직원이라지만 이번엔 팀장님이 너무 하셨어요. 얼마나 아팠을까. 불쌍한 세영이."

은정은 이선의 말을 끊더니 멋대로 예단하고 이선을 비난했다. 이선은 너무 억울해서 입을 다물지 못했다.

"아니, 불쌍하긴 누가 불쌍해! 진짜 맘 아프고 불쌍한 게 누군데!"

이선은 버럭 소리를 지르더니 씩씩 숨을 몰아쉬었다. 그러고는 거칠게 돌아서서 옥상을 내려갔다.

은정은 담배를 피워 물며 이선의 뒤통수에 대고 차갑게 쏘아붙였다.

"싸가지 하고는. 하여간 자기만 잘난 줄 알아……."

"전화 좀 받아! 쫌!"

옥상에서 내려온 이선은 사무실에 들어가지 못하고 복도를 서성이다가 사람들을 의식해 화장실로 들어갔다. 그러고는 남자친구에게 다시 전화를 걸어봤지만 여전히 전원이 꺼졌다는 메시지만 반복될 뿐이었다.

"이 인간이 정말. 대체 뭘 하고 있는데 전화까지 끈 거야. 또 어디서 다른 여자랑 딴 짓하고 있는 거 아냐?"

투덜거리고 있는데 밖에서 인기척이 들렸다. 이선은 황급히 화장실에서 나가다가 입구에서 화영과 마주쳤다.

"아, 화영 씨."

꾸벅 인사를 하고 화장실로 들어가려던 화영은 갑자기 자신을 부르자 화들짝 놀라며 이선을 쳐다봤다.

"예?"

"어제, 아는 후배 중에 세영 씨랑 학교 같이 다닌 친구 있다고 했지?"

화영은 고개를 갸웃했다.

"예, 있어요. 근데 왜 그러시는데요?"

"혹시, 그 친구 연락처 좀 알 수 있을까?"

이선이 물었다.

"네, 뭐……."

"고마워, 화영 씨."

화영은 이게 그렇게 고마운 일인가 싶어 어색하게 웃었다.

"연락처가 뭐야, 그 후배."

"아, 후배요……."

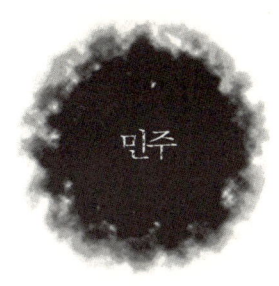

민주

이선은 외근한다는 핑계를 대고 사무실을 나왔다. 분위기도 그렇고 퇴근할 때까지 세영의 얄미운 얼굴을 마주할 자신도 없었다. 하지만 무엇보다 세영에 대한 뒷조사를 하고 싶었다. 이대로 있다가는 완전히 발목을 잡혀서 계속 세영에게 끌려 다닐 것 같았다. 다시 상황을 역전하려면 뭔가 꼬투리라도 잡을 만한 게 필요했다. 아주 작고 사소한 내용이라도.

회사에서 나온 이선이 제일 먼저 찾은 곳은 목동의 어느 아파트 단지에 위치한 치과병원이었다. 그곳에는 세영과 같은 학교를 다녔다는 화영의 후배가 근무하고 있었다. 이선은 그녀를 만나러 온 것이다.

"실례합니다."

문을 열고 들어가자 안내데스크의 직원이 직업적인 미소를 지으며 반갑게 이선을 맞아주었다.

"안녕하세요? 어떻게 오셨어요?"

"혹시 김민주 씨라고 이곳에 근무하시죠?"

이선이 정중하게 물었다.

"아, 민주 씨요. 민주 씨는 지금…… 아, 저기 오네요."

직원이 가리키는 쪽으로 고개를 돌리니 얼굴이 하얗고 차분해 보이는 젊은 여자가 진료실에서 나오고 있었다.

"김민주 씨?"

이선이 다가가 물었다.

"네, 제가 김민주인데요. 누구시죠?"

민주는 경계하는 눈빛으로 이선을 살피며 조심스럽게 물었다.

"아, 안녕하세요. 아까 전화 드렸던 사람이에요. 한이선이라고, 신세영 씨에 대해 여쭤볼 게 있어서……."

이선이 세영을 언급하자 민주는 반사적으로 흠칫 놀라는 표정을 지었다. 그저 이름만 들었을 뿐인데도 저런 반응을 보이다니. 대체 학창 시절의 세영은 어떤 아이였던 것일까. 이선은 더욱더 궁금해졌다.

두 사람은 상담실로 자리를 옮겨 둥근 테이블을 사이에 두고 사로 마주앉았다. 한동안 어색한 침묵이 흘렀다. 아마도 민주는 이렇게 빨리 찾아올 줄은 몰랐던 모양이다. 이선에게 세영에 대한 이야기를 해도 좋은 것인지, 몹시 주저하는 모습을 보였다. 민주에겐 그것이 마치 어떤 금기를 깨는 것이나 다름없는 듯했다. 이선은 조바심이 났지만 참을성을 갖고 기다렸다.

"세영이랑은 중학교 고등학교 같이 다녔어요. 심지어 학과는 다르지만 대학도 같은 학교를 나왔어요. 그런데 솔직히 세영이에 대해서 얘기하는 거 좀 그래요."

민주가 한참 만에 입을 열었다.

"왜요?"

이선이 고개를 갸웃하며 물었다. 솔직히 이렇게까지 세영을 어려워하는 이유를 이해할 수가 없었다.

"걔 귀신들렸다는 소문 있는 건 아시죠?"

민주가 물었다.

이선은 조용히 고개를 끄덕였다. 이미 화영을 통해서 듣기는 했지만 반신반의하고 있었다. 사실 어제 일만 아니라면 그냥 웃어넘겼을지도 모른다. 지금은 어느 정도 신빙성이 있다고 생각하는 중이다.

"예. 그런데 그 소문은 어떻게 나온 거죠?"

이선이 물었다.

민주는 잠시 주저하더니 깊게 한숨을 내쉬고 조용히 말을 이었다.

"믿기 어려우시겠지만…… 학교 다닐 때, 세영이를 괴롭히

거나 못살게 구는 애들은 꼭 무슨 일이 생겼거든요. 다리가
부러진다거나 교통사고가 난다거나…… 하여튼 개랑 엮이면
안 좋은 일이 생겼어요."

"그렇군요. 그럼 학교 졸업 후엔 본적이 없겠네요."

"그게…… 실은 몇 달 전에 한번 만났어요."

"만나셨다고요?"

이선이 물었다.

"네, 바로 여기서……."

그날 민주는 평소보다 예약 진료가 많았던 탓에 아침부
터 정신이 없었다. 같이 일하던 간호사 한 명이 갑자기 그만
두는 바람에 더욱 그랬다. 점심도 대충 먹다 시피하며 온종
일 쫓기듯이 시간을 보내야 했다. 오후 진료는 오전부터 더
분주했다. 그래서 환자의 얼굴도 제대로 볼 틈이 없었다.

"너, 민주 맞지?"

한참 세팅을 하고 있는데 낯익은 목소리가 들렸다. 그것
은 오랜 기억 속에 존재했던, 하지만 결코 다시 마주하고 싶
지 않은 사람의 목소리였다. 민주는 흠칫 놀라며 고개를 돌
렸다.

"……?"

의자에 앉아서 진료를 기다리고 있는 환자는 바로 세영이
었다.

"아, 너, 세영이……."

세영은 피식 웃어보였다.

"오랜만이네. 너, 여기서 일하는구나?"

반갑게 인사를 건넸지만 입으로만 웃을 뿐, 민주를 바라보는 세영의 눈은 전혀 웃고 있지 않았다.

"으, 응……."

민주는 주춤거리며 자기도 모르게 뒤로 한 걸음 물러섰다.

"반갑다. 언젠가 한번 만나고 싶었는데."

"어? 나를?"

세영의 말에 민주는 깜짝 놀라 되물었다.

"응. 네 소식 많이 궁금했거든."

그러면서 슬그머니 민주의 손목을 잡더니 나지막하게 속삭였다.

"너, 내 얘기 많이 하고 다녔다며?"

세영이 비릿한 미소를 지으며 민주를 조용히 응시했다. 얼음장처럼 서늘한 시선이었다. 민주는 흠칫하며 목을 움츠렸다. 여전히 예전의 그 귀신 들린 '세영'이었다. 이렇게 마주하는 것만으로도 오싹해지고 두려운…….

"아니야, 난 절대……."

민주는 떨리는 목소리로 말하며 황급히 손을 뺐다.

"겁먹긴. 농담이야."

세영이 언제 그랬냐는 듯 피식 웃어보였다. 하지만 민주는 웃을 수가 없었다. 마음 같아서는 다른 간호사에게 맡아달라고 부탁하고 싶었다.

그때, 원장이 진료실로 들어왔다.

"민주 씨, 마취 준비해주세요."

"네, 원장님."

민주는 지시에 따라 마취 주사를 준비했다.

그런데 바로 그 순간이었다.

"선생님, 그냥 해주세요. 마취 없이."

세영이 무덤덤한 얼굴로 말했다. 마취를 하지 않고 그냥 치료를 해달라고. 원장이 깜짝 놀라 세영을 쳐다봤다.

"예? 그럼 많이 아플 텐데……."

"괜찮아요."

세영이 민주를 쳐다보며 조용히 웃었다.

"상상이 가세요? 치과 진료를 마취도 없이 받는다는 게? 그게 얼마나 아픈지 모르실 거예요. 세영이는 그런 애에요."

민주는 그때 기억을 떠올렸는지 몸을 떨었다.

"세상에……."

"세영이 걔, 완전 싸이코에요."

민주가 이선을 쳐다보며 말했다.

"그런데 이상한 건 왜 하필 우리 병원에 왔을까 하는 거예요."

118

"무슨 말이에요?"

이선이 물었다.

"여기는 세영이네 집이랑 꽤 멀거든요. 직장도 이 근처가
아니잖아요."

듣고 보니 그랬다. 사무실에서 여기까지 택시를 타고 왔는
데도 30분이나 걸렸다. 일부러 시간을 내지 않으면 찾아오
기 쉽지 않은 거리다. 그 말은 세영이 의도적으로 이곳을 찾
아왔다는 이야기다. 어떤 이유가 있어서.

"그럼 여길 왔던 이유가……."

이선이 조심스럽게 물었다. 짐작하고 있는 그대로라는 듯
민주가 조용히 고개를 끄덕였다.

"분명히 저를 보러 왔을 거예요. 입 조심하라는 경고를 하
러……."

민주는 길게 한숨을 내쉬더니 이선을 바라보며 조용히 말
을 이었다.

"세영이 직장상사라고 하셨죠?"

"예."

"제가 드릴 수 있는 말씀은…… 세영이…… 절대 믿지 마
세요. 절대로."

민주가 몇 번을 강조해서 말했다.

"……."

이선은 머릿속이 복잡해져서 아무 대꾸도 할 수 없었다.

민주가 시선을 창밖으로 돌렸다.

"걔는 사악해요. 진실을 말하지 않거든요. 그래서……."

민주는 다시 이선을 바라보며 나지막하게 말했다.

"저는 무서워요, 세영이가."

죽은 사람의
손금

죽은 사람의
손금

　이선은 복도에 서서 강의실에 들어가야 할지 아니면 말아야 할지를 망설였다. 민주의 이야기를 듣고 나서도 뭔가 석연치 않아 결국에는 이력서에 적힌 세영의 모교까지 찾아오게 되었다. 한편으로는 이렇게까지 해야 싶었지만, 또 한편으로는 점점 더 세영에 대한 궁금함이 커져서 호기심을 멈출 수가 없었다. 결국 이선은 여기까지 왔으니 일단 부딪혀 보기로 했다.

　"야! 니들, 학교가 무슨 PC방이야? 어떻게 하루 종일 그러고 있냐. 이 한심한 청춘들아. 나가서 연애라도 해! 계속 그러면 PC방비 받는다!"

　강의실로 들어가니 듬직한 체구의 조교가 맞은편에 앉아

서 열심히 모니터를 들여다보고 있는 잔소리를 하고 있었다.

"실례합니다."

그때서야 이선을 발견한 조교는 누구냐고 물었다.

"어떻게 오셨어요?"

"조금 전에 전화 드린 한이선이라고 하는데요."

이선이 소개를 하자, 조교는 생각났다는 듯 웃는 얼굴로 의자를 권했다.

"아! 예, 이쪽으로 오세요."

이선은 잠시 망설이다가 조교가 권한 의자에 앉았다. 조교는 히죽 웃더니 맞은편의 앉은 여학생들에게 말했다.

"야! 손님 왔는데 뭐해. 가서 차라도 내와."

"강의실에 그런 게 어디 있어요?"

여학생이 귀찮다는 듯이 대꾸했다.

"그럼 커피라도 뽑아오든가."

"자판기 고장 났는데요."

무안해진 조교는 자기가 마시던 커피를 슬쩍 이선에게 내밀었다.

"그럼, 제가 마시던 거라도……"

이선이 당황해하자, 조교는 넉살 좋게 웃으면서 종이컵을 돌려세웠다.

"요쪽은 입을 안댔으니까……"

딴에는 농담이라고 했겠지만 지금 이선에겐 웃을 여유가

없었다. 이선은 괜찮다며 극구 사양했다.

"아네요, 괜찮아요."

"아, 예. 그럼 이건 제가 마시는 걸로."

조교는 커피를 단숨에 들이키고는 어색하게 웃었다.

"그런데 아까 말씀드린⋯⋯."

이선은 조심스럽게 물었다.

"아, 신세영!"

조교는 이제야 생각났다는 듯 무릎을 쳤다.

"맞아요. 전화 받고 생각해 보니까 누군지 기억이 나더라구요."

"아, 그러세요?"

"걔가 말이죠. 그러니까 그게 제가 군대 제대하고 막 복학했을 때였죠, 아마."

당시 복학생이었던 영만은 대부분의 예비역이 그렇듯이 손금을 봐준다는 명목으로 여자 후배들과 계단에서 수다를 떨고 있었다.

"너는 건강운은 나쁘지 않은데 장이 안 좋네."

영만은 짐짓 심각한 얼굴로 과 후배인 현아의 손금을 살피더니 나직이 혀를 차며 말했다. 그러자 현아는 손뼉까지 치며 깜짝 놀랐다.

"우와! 맞아요. 저 툭하면 장염 때문에⋯⋯."

"아! 거기까지. 디테일한 장트러블은 헬리코박터 프로젝트로."

그러고는 넉살 좋게 다시 현아의 손바닥을 쥐고 면밀히 살피기 시작했다. 표정이나 자세만 보면 당장 돗자리를 깔아도 될 것처럼 보였다.

"보자, 그리고 애정운은…… 그래, 작년에 남자친구랑 헤어지고 아직까진 인연이 없었어. 그런데 두 달 뒤엔 남자를 만날 거야. 딱 보니까, 칼을 쓰는 사람인데……."

"칼이요? 그럼, 백정?"

현아가 잘 이해되지 않는지 고개를 갸웃하며 물었다.

"얘는 무슨 조선시대도 아니고. 백정은……."

영만은 가볍게 타박하고 다시 손금에 집중했다.

"그래, 그냥 칼이 아니라…… 메스네. 메스!"

"메스? 그럼 의사? 의대생? 어머, 웬일이야!"

예비역 선배의 의뭉스러운 말에 현아는 마치 기정사실인 것 마냥 좋아했다.

"대박! 선배님 정말 대단해요! 어떻게 그런 걸 안대요?"

옆에서 지켜보던 또 다른 후배, 지연이 놀랍다는 듯이 물었다. 그러자 영만은 낮게 헛기침을 하더니 뭔가 대단한 비밀이라도 누설하는 것처럼 목소리를 낮추었다.

"야. 원래 예비역들은 제대하면 남들 눈에 안 보이는 게 다 보여. 너 그 얘기 들어봤지? 국방부에 엑스맨같은 초능력자들을 양성하는 특수부대 있는 거."

"에이, 그건 영화에나 있는 거죠."

지연이 무슨 말도 안 되는 이야길 하냐며 콧방귀를 뀌었다. 하지만 이미 영만의 신도가 되어버린 현아는 사뭇 진지한 얼굴로 관심을 보였다.

"그럼, 선배님이 거기 부대 출신이라고요?

"뭐 비슷한 거지. 내가 토종비결부터 타로점까지 완벽 마스터하고 철학 부전공까지 하잖아. 그래서 입대하자마자 특기병으로 바로 차출되어서……"

거기까지 말했을 때, 다시 지연이 얄밉게 말을 끊었다.

"근데 선배님 공익근무 아니었어요? 이상하다. 내가 진우 선배한테 선배 동사무소에서 복사셔틀 했다고 들었는데……"

"너, 이거 군사기밀이라 자세한 이야기는 안하려고 했는데, 동사무소에서 얼마나 엄청난 일을 하는지 니가 알아? 생각해 봐. 국방부에서 그런 특수부대를 대놓고 군부대에 두겠냐고."

"그럼 동사무소는…… 일종의 위장?"

현아가 눈을 동그랗게 뜨며 물었다. 이미 선배의 영험함을 경험한 현아는 무슨 이야기를 다 믿을 분위기였다.

"그렇지! 얘가 센스 좀 있네. 누구랑은 아주 달라."

지연은 눈을 흘기더니 불쑥 손을 내밀었다.

"그럼 저는 어때요? 전 언제쯤 애인이 생겨요? 결혼은 언제 해요?"

영만은 내키지 않는다는 듯 뜸을 들이다가 마지못해 지연의 손을 잡았다. 그렇게 한참을 살펴보고는 끌끌 혀를 찼다.

"넌, 당분간 애인 없을 거야. 결혼도 힘들 거 같다."

"예? 그걸 어떻게 알아요?"

기대했던 이야기가 아니라서 그런지 지연은 눈을 똑바로 뜨고 따지듯이 물었다.

"그건 손금 말고 니 얼굴만 봐도 알아."

영만의 말에 지연은 어이없다는 듯 실소를 머금었다. 현아도 재미있는지 웃음을 터뜨렸다.

바로 그때였다.

"저도 한번 봐주세요."

영만이 고개를 드니 층계참에 세영이 서 있었다. 갑작스러운 세영의 등장에 현아와 지연은 웃음기를 지우고 굳은 표정을 지었다. 영만은 후배들의 반응이 이상하다고 여겼는지 고개를 갸웃했다.

세영이 계단을 내려오더니 영만에게 손을 내밀었다.

"봐주세요, 손금. 저는 어떤지."

영만은 머쓱하게 웃으며 세영의 손목을 잡았다.

"그래, 그럴까?"

잠시 세영의 손금을 살피던 영만이 고개를 갸웃했다. 다

128

른 아이들을 볼 때와는 다르게 표정이 무척 심각했다. 그러더니 뭘 봤는지 얼굴이 하얗게 질려버렸다. 영만은 굳은 얼굴로 세영을 쳐다봤다.

"왜요? 제 손금이 이상해요."

영만은 아무 대꾸도 하지 못하고 마른침만 꿀꺽 삼켰다.

"그건 말이죠."

이야기를 멈춘 조교가 굳은 얼굴로 이선을 쳐다봤다. 그러고는 다소 긴장한 듯 아랫입술을 핥더니 천천히 말을 이었다.

"이미 죽은 사람의 손금이었어요."

"네? 죽은 사람이요? 설마……."

이선이 믿을 수 없다는 눈빛으로 조교를 쳐다봤다.

"예, 확실하다니까요. 그 애 손금은…… 살아있는 사람 손금이 아니더라구요."

조교는 확신에 찬 목소리로 말했다.

"어떻게 그런……."

이선은 여전히 믿을 수 없다는 듯 나지막이 중얼거렸다.

"저도 살다 살다 그런 건 처음 봤어요. 산 사람이 죽은 사람의 손금을 가지고 있으면 그건 귀신 아닌가?"

조교는 자신도 납득하기 힘들다는 듯 고개를 흔들었다.

이선은 너무 엄청난 이야기를 들어서 무슨 말을 해야 할지 몰랐다.

"혹시나 싶어서 같이 학교 다닌 사람이 있나 한번 알아봤
는데요. 당시에 조교하던 대학원생이 한명 있더라구요."

"정말요?"

그때 누군가가 강의실로 들어왔다.

"아, 마침 저기 오네요."

이선은 강의실 출입문으로 고개를 돌렸다.

키 큰 여자가 강의실로 들어오고 있었다.

마녀가
사랑한 여자

자신을 소진이라고 소개한 여자는 세영이 학창 시절에 가깝게 지내던 조교였다.

처음에 이선이 세영에 대해 묻자, 민주가 보였던 것과 비슷한 반응을 보였다. 이선은 별로 이야기하고 싶지 않다는 소진을 끈질기게 설득했다. 그러면서 자기가 겪은 이야기를 들려주었다. 그게 통했는지 소진은 마지못해 승낙했다. 두 사람은 주변을 의식해서 조용한 장소로 자리를 옮겼다.

하지만 막상 승낙을 했어도 여전히 이야기를 꺼내기가 어려운지 소진은 한동안 말없이 음료수만 마셨다. 이선은 또 어떤 엄청난 이야기를 들을지 두려우면서도 한편으로 궁금했다.

음료수를 거의 다 마시고도 소진은 아무 말도 하지 않았다. 그러다가 겨우 용기를 냈는지 마침내 이야기를 하기 시작했다.

"사람들은 세영이 보고 마녀라고 하는데요, 사실 세영이는 마녀가 아니에요."

"그런데 다들 그렇게 얘기를……."

"그렇게 믿어야 위로가 됐으니까 그랬을 뿐이에요."

"위로요?"

이선이 물었다.

"생각해 보세요. 그렇게 유별나고 무서운 애가 친구나 후배라면 기분 좋겠어요? 세영이는 마녀가 아니라 그냥 불쌍한 아이에요. 관심 받고, 사랑받고 싶어 미친 애. 자기가 아닌 다른 누군가 사랑을 받으면 꼭 그걸 부셔야 만족하는, 정신적으로 불안정하고 불길한 아이죠."

"피 난다!"

너무나 다정한 목소리.

세영은 반사적으로 고개를 돌렸다.

아니나 다를까. 소진이 웃는 얼굴로 복도 한가운데에 서있었다.

"선배님……."

"야, 여자한테 입술이 얼마나 중요한지 알아? 관리를 좀 해줘야지. 일루와 봐."

소진이 웃는 얼굴로 다가오더니 핸드백에서 립밤을 꺼내 건조하게 부르튼 세영의 입술에 발라주었다.

"이제야 좀 여자 같네."

소진은 만족스럽게 웃고는 세영에게 립밤을 건넸다.

"이거 너 써."

세영이 선뜻 받지 못하고 머뭇거리자, 소진은 세영의 손에 립밤을 직접 쥐어주었다.

"선배님은 왜 저한테 이렇게 잘해주세요?"

세영은 립밤을 만지작거리며 조심스럽게 물었다. 정말로 궁금했다. 다들 꺼리는 세영이었지만 소진만은 그렇지 않았다. 사람들 사이에서 설왕설래하는 세영에 대한 소문도 별로 믿지 않는 눈치였다.

"응? 글쎄……."

소진은 골똘히 생각에 잠겼다. 세영은 그런 소진에게서 눈을 떼지 못했다. 누군가가 이렇게 관심을 보이며 잘해준 것은 소진이 처음이었다. 더불어 친밀감을 느낀 사람 역시 소진이 유일했다. 그건 매우 낯설지만 한편으로 싫지 않은 느낌이었다.

그랬다. 세영은 소진에게 전에 느껴보지 못한 감정을 품게 되었다. 하지만 그걸 한번도 내색해본 적은 없었다. 아니, 어떻게 표현해야하는지 잘 알지 못했다.

그러던 어느 날이었다.

그날도 우연히 복도에서 소진과 마주쳤는데 늘 그랬던 것처럼 소진은 스스럼없이 다가와 세영에게 말을 걸었다.

"신세영! 너 요새 누구 좋아하는 사람 있지?"

"예?"

세영은 어리둥절해서 소진을 쳐다봤다. 혹시 마음은 들킨 것은 아닌가 하고 내심 두근거리기도 했다.

"너, 혹시 마음에 두고 있는 사람 있냐구."

소진이 추궁하듯이 묻자, 세영은 시치미를 떼며 되물었다.

"아뇨. 왜요? 그래 보여요?"

"글쎄, 뭐랄까. 널 보면 뭔가 갈구하고 있는 거 같거든. 뜨거운 욕망이 보여."

그러더니 소진은 세영의 얼굴에 바짝 얼굴을 들이밀며 밀어를 나누듯 나직이 속삭였다.

"애정 같은 거 말이야."

순간 세영은 얼굴을 붉혔다.

"이거 봐, 이거 봐. 내 말이 맞지. 그치? 누구 맘에 두고 있는 사람이 있는 거지? 말해봐. 그게 누구니?"

"아니에요."

세영은 웃으면서 고개를 가로저었다.

"에이! 아닌 게 아닌 거 같은데? 누구야? 상범이? 진근이? 지형이? 누군데? 응?"

소진이 계속 채근하며 추궁했지만, 세영은 계속 대답을 회피했다. 그러자 소진은 이제야 알겠다는 듯 짓궂게 웃으며 세영을 쳐다봤다.

"너 혹시 나 좋아하는 거 아냐?"

정곡을 찔린 세영은 흠칫 놀라는 표정을 지었다.

"뭐야, 놀라는 거 보니까 진짠가 본데?"

세영은 어색하게 웃으며 고개를 숙였다.

"그럴 줄 알았어. 어휴! 하여간에 이놈의 인기……."

소진은 별로 심각하게 받아들이지 않았다. 그냥 친한 선후배 사이에 흔히 할 수 있는 가벼운 농담쯤으로 여겼다.

"선배님은 어떠신데요? 선배님도 제가 좋아요?"

세영이 수줍게 물었다.

소진은 별 걸 다 묻는다는 듯 세영의 어깨를 툭 치며 말했다.

"그걸 말이라고 하니? 당근 나도 니가 좋지!"

세영은 장난스럽게 웃는 소진을 바라보며 뺨을 붉혔다.

"제가 왜 좋으세요?"

"글쎄, 뭐랄까. 넌, 착해 보여."

소진은 별로 고민하지 않고 가볍게 대답했다. 하지만 세영은 그렇지 않았다. 뭔가 생각에 잠기더니 조심스럽게 말을 꺼냈다.

"사실, 저 착하지 않아요."

"응?"

"저, 엄청 사악해요. 그래서 저랑 같이 있으면 사람들이 불행해져요."

"그때만 해도 정말 몰랐어요. 세영이가 나를 어떻게 생각하는지. 또 그때 했던 이야기가 무엇을 의미하고 있는지. 아마 진작 알았더라면 저도 달리 대했겠죠. 그러고 나서 얼마 후였을 거예요. 늦게까지 도서관에서 공부를 하고 집에 가려는데 세영이가 로비에서 기다리고 있더라고요."

"무슨 일이야?"

소진이 묻자, 세영은 가방에서 뭔가를 꺼내보였다.

"이게 뭐야?"

"지난번에 고마워서요."

그렇게 말하며 세영이 건넨 건 립밤이었다. 전에 세영에게 줬던 것과 똑같은 브랜드였다.

소진은 피식 웃으며 립밤을 받아들었다.

"안 그래도 되는데……."

말은 그렇게 해도 싫진 않은 모양이었다. 소진은 세영이 보는 앞에서 립밤을 입술에 발랐다.

"어떠니?"

"진짜 예뻐요."

세영이 웃는 얼굴로 고개를 끄덕였다.

"그치? 내가 딴 건 몰라도 입술 하난 국보감이거든."

소진이 자랑하듯 입술을 삐죽 내밀었다.

그때 세영이 까치발로 서더니 소진의 입술에 서툴게 입을 맞추었다. 깜짝 놀란 소진은 순간적으로 거칠게 밀쳤다.

"너, 왜 이래."

세영은 무안하고, 또 당황해서 소진의 시선을 피했다.

"아니, 그게…… 선배님도 저, 좋아하잖아요."

처음에는 세영의 이야기가 무엇인지 소진은 눈만 깜빡거렸다. 그러다가 지난번의 일을 떠올리고는 정색하며 세영을 쳐다봤다.

"너 설마……."

얘, 뭐지. 농담이랑 진담도 구분하지 못하는 건가. 소진은 실소하며 고개를 가로저었다. 그러고는 다시 정색한 얼굴로 물었다.

"내가 널 진짜 좋아한다고 믿는 거야?"

"지난번에 그러셨잖아요."

세영은 억울하다는 투로 대꾸했다.

설마 그걸 진담으로 받아들였을 줄이야. 이젠 이 아이 앞에서는 함부로 농담도 못할 거 같다. 소진은 황당해서 헛웃음을 삼켰다.

"완전 황당하네. 야, 그거야 그냥 하는 말이지."

"그냥 하는 말이요?"

이번에는 세영이 크게 당황했다. 충격을 받은 듯한 얼굴이었다.

"그래, 분위기상 의례하는 말이라고. 넌 그런 것도 구분 못 해?"

세영은 실망하는 얼굴로 고개를 푹 숙였다.

"미안한데…… 나, 이런 거 불쾌해. 진짜 싫다."

소진은 세영의 손에 립밤을 쥐어주고는 황급히 그 자리를 떠났다. 홀로 남은 세영은 손에 쥔 립밤을 물끄러미 쳐다보았다. 그러더니 립밤을 움켜쥐고 실성한 사람처럼 중얼거렸다.

"그냥 해본 말이라고. 그냥 해본 말이었어? 그냥 하는……."

"그 정도로 이야기하면 알아들었을 거라고 생각했어요. 솔직히 저는 중학교, 고등학교를 여학교만 다녀서 종종 선배를 선망하는 여자애들 중에 동성에게 끌리는 경우를 봤거든요. 세영이도 그런 거라고 생각했어요. 그래서 대수롭지 않게 여겼죠. 하지만 그건 저의 오판이었어요. 세영이는 제가 생각했던 것보다 훨씬 집요했어요. 아마도 내가 자기에게 상처를 주었다고 여긴 모양이에요. 그러고 나서 바로 다음날이었어요. 세영이가 강의실로 나를 찾아왔어요. 걔는 그 강의를 듣지도 않았거든요. 전날의 일도 있고 해서 솔직히 불편했죠. 그래서 저는……."

"어젠 죄송했어요. 그래도 이건 선배님 드리려고 산 거니까……."

세영이 전날 밤에 주지 못한 립밤을 다시 꺼내보였다. 하지만 소진은 시선조차 주지 않고 세영을 무시했다.

"요, 언니들!"

그때 두 사람 사이에 진우가 끼어들었다. 복학생인 진우는 오래 전부터 소진과 사귀어 온 사이였다.

"이거 뭐야? 선물?"

진우가 세영의 손에서 립밤을 낚아채더니 장난스럽게 흔들어보였다. 세영이 돌려달라는 눈빛으로 쳐다봤다.

"이야, 소진이 인기 짱이야."

진우는 세영을 무시하고 보란 듯이 소진의 어깨에 손을 올렸다. 세영이 보고 있어서인지 소진은 귀찮다는 듯 진우를 가볍게 밀어냈다. 그러고는 진우의 손에서 립밤을 뺏더니 세영에게 다시 돌려주었다.

"난 이거 필요 없어. 진우가 아까 하나 사줬거든."

세영이 정말이냐는 듯 확인하려는 눈빛으로 진우를 쳐다봤다.

진우는 능글맞게 웃었다.

"맞아, 내가 하나 사줬어. 그리고 세영아, 소진이는 오빠꺼니까 너무 집적대지마. 나 괜히 질투 나잖아."

세영은 눈치 없이 구는 진우를 빤히 쳐다보다가 의미심장한 미소를 지으며 이렇게 내뱉었다.

"진우 선배, 쪼잔하게 질투 같은 거 안 해도 돼요."

"뭐?"

진우가 황당하다는 듯이 되물었다.

세영은 씩 웃더니 소진과 진우를 번갈아보며 이렇게 덧붙였다.

"참, 혀는 안 넣었으니까 걱정하지 마요."

그 말이 끝나기가 무섭게 소진이 버럭 소리를 질렀다.

"야!"

그러거나 말거나 세영은 야릇한 미소를 짓더니 홱 돌아섰다.

"이게 무슨 소리야? 혀? 혀가 뭐 어떻게 됐는데, 응?"

소진은 눈치 없이 구는 진우를 무시한 채, 강의실을 빠져나가는 세영의 뒷모습을 경멸어린 시선으로 지켜보았다.

"하지만 그게 끝이 아니었어요. 세영이는 정말로 무서울 정도로 집요했어요. 그 광기 어린 집착, 아마 잘 모르실 거예요. 정말이지, 그건……."

세영은 곧바로 화장실로 향했다.

빈 칸을 찾아서 문을 단단히 걸어 잠그고 양변기에 앉았다.

호의를 두 번이나 거절당하다니. 최악이다. 기분이 너무 더럽다. 도무지 진정이 되지 않는다.

세영은 깊게 심호흡을 했다.

하지만 그걸로는 기분이 나아지지 않았다.

달리 방법이 없었다.

세영은 커터 칼을 꺼낸 뒤, 바지를 내렸다. 그러고는 조금도 망설임도 없이 허벅지에 칼을 대고 그었다.

슥, 하며 날카로운 칼날이 허벅지 위에 생채기를 낸다. 그러면 칼날이 지나간 자리에 금세 붉은 피가 배어나왔다.

그 선홍색 피가 허벅지를 타고 타일바닥에 뚝뚝 떨어졌다.

세영은 지그시 눈을 감고 그 감각을 음미했다. 붉게 상기되었던 표정이 차츰 풀리기 시작했다.

세영은 손수건으로 허벅지를 눌러 지혈하고는 바지를 올리고 변기 물을 내렸다. 그러고 나서 문을 열고 나와 세면대로 갔다. 손에 비누칠을 하고 거품을 내고 있는데 때마침 소진이 화장실로 들어왔다.

소진도 세영을 발견하고는 멈칫했다.

다시 나갈까 망설이는 것처럼 보였다.

세영은 손을 씻고 나서 거울에 비친 소진을 향해 비릿한 미소를 지어보였다. 거기에 자극을 받았는지 소진은 입술을 깨물더니 가슴을 펴고 당당히 세면대로 가서 손을 씻었다. 그러자 세영이 세면대 위에 뭔가를 내려놓았다.

립밤이었다.

"뭐야. 이거 필요 없다니까……."

소진이 지겹다는 듯 내뱉었다.

"몰랐어요. 난 또 그냥 하는 말인 줄 알았죠."

세영이 피식 웃으면서 말했다. 지난밤 소진이 세영에게 했던 말을 고스란히 돌려주고 있었다.

"뭐?"

소진은 황당하다는 눈초리로 세영을 쳐다봤다. 세영은 아랑곳하지 않고 생글생글 웃으면서 말을 이었다.

"선배님은 외로운 게 뭔지 모르죠? 하긴 항상 관심만 받아왔을 테니까."

다분히 빈정거리는 투였다.

"그래서 그게 불만이야?"

소진이 물었다.

세영은 애매한 미소를 짓더니 이렇게 물었다.

"만약에 진우선배가 없으면 조금 불행할까요?"

"뭐라고?"

소진이 황당하다는 듯 쳐다보자, 세영은 여전히 웃는 얼굴로 갑자기 엉뚱한 이야기를 꺼내기 시작했다.

"어릴 때 말예요. 아빠가 강아지 한 마리를 사왔어요. 몸이 아픈 언니한테 선물로 주겠다고. 난 샘이 나서 강아지를 처음부터 미워했어요. 그래서 매일같이 강아지가 죽어버리길 기도했어요. 그런데 한 달 뒤에 정말로 강아지가 죽어버린 거예요."

세영이 강아지가 죽은 부분에서 아주 재미있다는 듯 환한 미소를 지으며 소진을 쳐다봤다.

"……."

그때 소진은 처음으로 세영에게 어떤 광기를 느꼈다.

"나는요. 그때 알았어요. 사악한 생각이 그 대상의 숨통을 끊을 수 있을 만큼 무서울 수 있다는 걸."

이야기를 다 들은 소진은 어이없다는 듯 실소를 머금었다.

"너 설마 우연히 강아지 한 마리 죽은 거 가지고 네가 무슨 특별한 능력이라도 있다고 믿는 거야? 이제 보니 너 중2병이었구나. 대단하다, 그 나이에. 그럼 진우한테도 그 사악한 텔레파시 한번 보내 보든가. 어디 맘대로 해봐."

소진의 말이 끝나기가 무섭게 세영이 바짝 다가서며 싸늘한 목소리로 물었다.

"정말 그래도 되요?"

"얼마든지 저주를 걸어보라고 했던 저도 그렇고, 선배 남자친구에게 저주를 걸어도 되냐고 묻는 세영이도 그렇고, 지금 생각해보면 둘 다 정상은 아니었네요. 그런데 말이에요. 얼마 지나서 정말로 남자친구에게 사고가 일어났어요."

그날 밤, 세영은 가벼운 속옷차림으로 전신 거울 앞에 섰다. 밖으로 드러난 어깨, 팔다리에는 여기저기 자해로 인한 상흔들로 가득했다.

세영은 거울에 비친 자기 모습을 찬찬히 뜯어보았다. 그러고는 흡족한 미소를 지어보였다.

"죽어, 죽어버려."

세영은 나직이 속삭이더니 면도칼을 꺼내 손가락 끝에 상처를 냈다. 그 피로 하얀 종이에 '진우'라고 몇 번이고 반복해서 적었다.

"죽어, 죽어버려……."

세영의 입가에 흡족한 미소가 떠올랐다.

그리고 다음날.

오후에 누군가가 강의실 문을 박차고 들어와 세영을 찾았다.

소진이었다.

무슨 일이 있었는지 잔뜩 상기된 얼굴로 다가왔다.

"야! 신세영!"

책상에서 앉아서 노트에 뭔가를 적고 있던 세영은 무슨 일이냐는 듯 느긋하게 고개를 들어 소진을 올려다봤다.

"진우, 어젯밤에 병원에 입원했어……."

세영은 아무 말도 하지 않고 그저 덤덤하게 소진을 쳐다봤다. 마치 그게 나와는 무슨 상관이냐는 듯이.

"너, 진우한테 무슨 짓을 한거야!"

소진이 외쳤다.

하지만 세영은 여전히 아무런 대꾸도 하지 않았다. 가방에서 립밤을 꺼내더니 태연하게 입술에 발랐다. 그러고는 소진을 의식한 듯 야릇한 미소를 지어보였다.

"그러고 보니 오래전 남자친구 분한테 사고가 있었다고 들었는데……."

이선이 소진의 눈치를 보며 조심스럽게 물었다.

"진우는 뇌사판정 받고 한 달도 안 돼 죽었어요. 당시엔 그게 세영이 저주 때문이라고 말이 많았죠. 그런데 사실은 그렇지 않아요."

"그러면……."

"진우는 세영이 저주 때문에 죽은 게 아니라…… 세영이가 죽인 거예요."

"네? 뭐라고요?"

진우는 과일을 가득 담은 비닐봉지를 양손에 들고 콧노래를 흥얼거리며 어두운 골목길을 따라 걸었다.

자취방으로 돌아가는 중이었다.

오다가 전철역 출입구에서 과일을 파는 할머니를 보고 안쓰러운 마음에 주머니를 털어서 남은 과일을 모두 사버리고 말았다. 평소에 능글맞고 장난이 심해도 잔정도 많고 어려운 사람을 보면 어떻게든 도와야 마음이 풀리는 진우였다. 소진도 그런 면에 끌려 지금까지 캠퍼스커플로 지내는 것이었다.

전철역에서 자취방까지는 꽤 먼 거리였다. 거기에 무거운 과일 봉지를 양손에 들었으니 슬슬 지칠 만도 했다. 다행히 고지가 눈앞이었다. 계단만 오르면 바로 자취방이 있는 빌라가 나온다.

"아이고, 지친다. 내가 왜 사서 고생을 하는지 몰라. 헥, 헥."

진우는 헉헉 숨을 가쁘게 쉬며 계단을 올라갔다.

거의 끝에 다다랐을 때, 갑자기 검은 그림자가 불쑥 튀어나오더니 진우의 앞을 가로막았다.

운동복 차림의 세영이었다.

세영을 알아본 진우는 안도의 한숨을 내쉬고는 뭐냐는 듯이 물었다.

"아, 깜짝이야. 너 여기서 뭐하냐?"

"내가 뭐 할 거 같은데?"

세영이 반말로 되물었다.

"뭐? 너, 선배한테 말이 짧다."

진우는 새파랗게 어린 후배에게 반말을 들어 불쾌하다는 듯 눈썹을 치켜 올렸다. 그러거나 말거나 세영은 삐딱하게 받아쳤다.

"곧 죽을 사람한테 예의 차릴 입장이 아니라서."

"뭐래. 졸라 황당하네."

진우가 코웃음을 치며 세영을 노려봤다.

"너, 미친 거냐?"

피식, 세영이 웃었다.

"아니, 널, 밀칠 거야."

그러더니 세영은 갑자기 두 손으로 진우의 가슴팍을 힘껏 밀었다.

불의의 기습을 받은 진우는 어찌해볼 새도 없이 중심을 잃더니 계단 밑으로 굴러 떨어졌다.

비닐봉지에서 과일들이 와르르 쏟아졌다.

뭔가 으깨지는 둔탁한 소리가 울렸다.

과일들이 으깨지고 박살나서 여기저기 널브러졌다.

계단을 구르던 진우도 바닥에 쓰러졌다.

세영은 무표정한 얼굴로 그 광경을 가만히 지켜보았다.

쓰러진 진우의 머리에서 피가 흐르며 이내 웅덩이를 만들었다. 움찔, 두 발이 경련을 일으켰다.

세영은 천천히 계단을 내려갔다.

즐겁다는 듯 나지막하게 콧노래를 부르면서.

바닥에 쓰러진 진우의 눈가에서 한 줄기 눈물이 뺨을 타고 흘러내렸다.

"이걸 어째. 선배, 우네. 많이 아픈가봐."

세영은 안쓰럽다는 표정을 짓더니 이내 웃는 얼굴로 돌아
왔다. 그러고는 몸을 숙여 진우의 귓가에 입술을 대고 나직
이 속삭였다.

"죽어, 죽어버려. 행복한 것들은 다 죽어야 해."

의식을 잃었는지 진우가 스르륵 눈을 감았다.

세영은 천천히 일어서서 흡족하게 웃으며 진우를 내려다
봤다.

그때였다.

뒤쪽에서 인기척이 들렸다.

세영이 고개를 홱 돌렸다.

"거기 누구?"

어두컴컴한 골목이라 잘 보이지 않았다. 하지만 느낌으로
누군가가 있다는 걸 알 수 있었다.

시야가 어둠에 익숙해지는 순간, 낯익은 얼굴이 보였다.

민주였다.

민주는 세영에게 들켰다는 걸 알았는지 황급히 근처 화단
으로 몸을 숨겼다. 혹시라도 비명을 지를까봐 두 손으로 입
을 단단히 틀어막았다.

"이상하네. 분명히 누굴 본 거 같은데?"

세영은 가소롭다는 듯 싱긋 웃더니 그쪽으로 천천히 걸어
갔다. 그러면서 무슨 냄새라도 맡은 것처럼 코를 킁킁거렸다.

"어디서 사람 냄새가 나네?"

세영은 걸음을 멈추고 주변을 둘러보는 시늉을 했다. 민주가 어디에 숨었는지 알고 있었지만 일부러 그러는 것이었다. 세영은 피식 웃더니 곧 표정을 바꾸고 싸늘한 목소리로 말했다.

"거기 숨어있는 사람. 난 네가 누군지 알아. 하지만 지금은 그냥 넘어갈게. 대신 널 지켜볼 거야. 쭉. 무슨 소린지 알지?"

그러고는 돌아서서 천천히 골목을 빠져나갔다.

잠시 후, 민주는 숨어있던 곳에서 나왔다. 다행히 세영의 모습은 보이지 않았다. 대신에 진우가 처참한 몰골로 쓰러져 있는 게 보였다.

민주는 겁에 질려 바르르 떨면서 전화기를 꺼내 119에 전화를 걸었다. 그게 민주가 할 수 있는 최선이었다.

"말도 안 돼."

너무나 엄청난 이야기를 들은 이선은 믿을 수 없다는 듯 두 손으로 입을 가렸다. 그만큼 충격적인 내용이었다. 그게 사실이라면 엄연히 살인이 아닌가.

"그럼 경찰에 신고했어요?"

이선이 물었다.

소진은 힘없이 고개를 가로저었다.

"아뇨. 그건 누가 봐도 사고였으니까……."

그러고는 슬픈 눈으로 이선을 쳐다보며 말을 이었다.

"설령 그게 사고가 아니었다 해도 아마 누구도 경찰에게 알리지 못했을 거예요. 세영이는 존재 자체가 공포였으니까."

이선은 말문이 막혀버렸다.

"악의라는 거, 그거 참 무서워요. 전염병처럼 은밀하게, 몸 속 깊이 파고들거든요. 세영이는 그런 애에요."

막녀의 집

마녀의 집

"오늘 말씀 감사했어요."

이선은 소진과 작별 인사를 나누고 터벅터벅 캠퍼스를 빠져나왔다. 한동안 넋을 놓고 걸으며, 오늘 들었던 충격적인 이야기들을 하나, 하나 되새겼다.

"걔는 사악해요. 어느 누구에게도 진실을 말하지 않아요. 그래서 무서워요."

"세영이는 마녀가 아니라 그냥 불쌍한 아이에요. 관심 받고 사랑받고 싶어서 미친 애……."

아무리 생각해봐도 세영이란 아이는 이해할 수가 없는 존재였다. 지금껏 살아오면서, 비슷한 느낌을 가진 사람도 본 적이 없었다. 이선과는 완전히 다른 세상을 살아온 사람이었다.

'세영은 정말로 마녀일까.'

그러다가 문득 고개를 드니 어느덧 정문 앞까지 걸어왔다.

그때 휴대전화가 울렸다.

"여보세요?"

"팀장님, 오늘 늦게 들어오세요?"

은정이었다.

이선은 잠시 망설이다가 대답했다.

"응. 나, 외부에서 일보고 바로 퇴근할거야."

전화를 끊은 이선은 한참을 정문 앞에서 서성였다. 이제 무엇을 하면 좋을지 몰라서 고민에 빠졌다.

이선은 가방에서 세영의 이력서를 꺼냈다.

이력서 상단에 적힌 세영의 집주소가 눈에 들어왔다.

"흠……."

"아주 팀장이라고 뭐든 제멋대로야."

가장 선임이라 동료들을 대신해서 이선과 통화를 끝낸 은정은 입술을 삐죽이며 뭔가 마뜩치 않은 표정을 지었다.

"뭐래요?"

화영이 물었다.

"몰라. 그냥 일찍 퇴근할거래."

은정은 그렇게 말하며 어깨를 으쓱거렸다.

"그래도 양심은 있나 봐요. 세영이 보기 미안한가보네……."

화영이 세영을 의식하며 나지막히 중얼거렸다. 그 말을 들었는지 세영이 일을 하다가 말고 이쪽을 보더니 머쓱하게 웃었다.

화영도 어색하게 웃어주었다.

세영은 화영이 자리로 돌아가자 웃음기를 지우고 이내 굳은 표정을 지었다. 이유는 모르겠지만 이선이 자리를 비우고 있는 게 왠지 마음에 걸렸다. 그것은 일종의 예지 같은 것이었다.

갑자기 불길해진 세영은 볼펜을 입에 물고 끝을 잘근잘근 씹기 시작했다.

이선은 택시를 타고 세영이 사는 동네로 갔다.

택시에서 내린 뒤, 부동산에 길을 물었다.

구불구불한 골목길을 한참이나 헤매다가 마침내 이력서에 적힌 주소와 일치하는 집을 발견했다.

요즘은 보기 드문 낡은 양옥주택이었다.

이선은 잠시 망설였다.

페인트칠이 벗겨진 양철대문에서 뭔가 설명하기 힘든 위화감이 느껴졌다. 이 대문을 열고 들어가면 세영이 사는 공간이 나온다고 생각하니 왠지 모르게 오싹한 기분이 들었다. 마치 침범해서는 안 되는 금기의 땅처럼 느껴졌다.

이선은 용기를 내어 초인종을 두어 번 눌렀다.

아무 반응이 없었다.

다시 초인종을 눌렀다.

여전히 아무 반응이 없었다.

집에 아무도 없는 것일까.

지금이라도 돌아가는 게 낫지 않을까.

이선은 스스로에게 물었다.

고작 신입사원에 불과한 아이에게 왜 이리 집착하고 있는 것일까. 어젯밤의 해프닝은 그냥 잊고 넘어갈 수도 있는데. 아니다. 그냥 가볍게 넘길 일이 아니다. 그건 어쩌면 시작에 불과할지도 모른다. 많은 사람들이 말하지 않았던가. 세영은 마녀라고. 아무런 방비도 하지 않으면 나중에 어떤 불행을 겪을지, 그건 모를 일이다. 그러니 아직 더 알아볼 필요가 있다. 어쩌면 약점을 찾을지도 모르는 일이고.

마음을 굳힌 이선은 입술을 꽉 깨물고 휴대전화를 꺼냈다.

"여보세요? 거기 열쇠가게죠?"

이선은 열쇠공의 도움을 받아 어렵지 않게 집 안으로 들어왔다. 서툰 연기 때문에 혹시나 들키면 어쩌나 싶었지만 별로 의심하는 눈치는 아니었다.

"실례합니다."

현관문을 열고 조심스럽게 불러보았지만 여전히 아무 대답도 없었다. 집은 비어있는 게 분명했다.

커튼을 쳤다고 해도 유난히 실내가 어두웠다. 이렇게 채광이 안 좋은 집에선 하루도 못 살 것 같았다.

"아무도 안계세요?"

정적.

이선은 조용히 신발을 벗고 발뒤꿈치를 들고는 도둑고양이처럼 살며시 거실에 발을 내딛었다.

"아!"

발바닥이 뜨끔해서 보니 압정 하나가 박혀있었다. 얼굴을 찡그리며 압정을 빼다가 문득 바닥을 보곤 깜짝 놀라고 말았다.

보는 것만으로도 질릴 정도로 엄청나게 많은 압정들이 마치 지뢰처럼 바닥에 깔려있었다.

"세상에나……."

몇 번이나 불안한 눈초리로 시계를 확인하던 세영은 더는 못 참겠는지 자리에서 일어났다. 다른 사람들의 눈치를 살피면서 일에 몰두하고 있는 은정에게 조심스레 다가갔다. 인기척을 느끼고 은정이 고개를 들자 세영은 미안한 표정을 지어보였다.

"선배님, 죄송한데요. 저 오늘 좀 일찍 퇴근해도 될까요?"

은정이 무슨 일이냐는 듯 쳐다봤다.

"병원에서 오후에 다시 오라고 해서요."

그때서야 은정은 알겠다는 듯 고개를 끄덕였다. 그리고 미리 알고 배려해주지 못해 미안하다는 표정을 지었다.

"아! 그렇구나. 그래, 그럼 어서 가봐. 치료 잘 받고."

"예, 감사합니다!"

세영은 환히 웃으며 고개를 숙였다. 곧바로 자리로 돌아가 가방을 챙겨서 서둘러 사무실을 나갔다. 세영은 복도로 나오자마자 가방에서 휴대전화를 꺼내더니 어딘가로 급히 전화를 걸었다.

"여보세요?"

쪼그리고 앉아서 한참동안 낑낑거리며 바닥에 깔린 압정을 다 치우는 데 성공한 이선은 겨우 한숨 돌리고 거실을 둘러보았다. 창가에 자리 잡은 낡은 가죽소파 말고는 제대로 된 가구 하나 없어 몹시 살풍경했다.

머리 위에선 천장에 매달린 프로펠러가 천천히 회전하고 있었다. 서늘한 바람이 몸을 훑고 지나갔다. 살풍경한 거실도 그렇고, 왠지 모를 오싹한 기운이 느껴져 이선은 가볍게 몸을 떨었다.

맘속으로 정말 마녀가 사는 집답다고 생각하며 발걸음을 옮기는데 불현듯 맞은편의 방문 하나가 끼이익 하는 음산한 소리를 내며 천천히 열렸다. 너무 갑작스러워 하마터면 비명을 지를 뻔했다.

이선은 가까스로 비명을 삼키고 조심스럽게 열린 문으로 다가갔다.

문틈으로 침대가 보였다.

누구의 방일까.

때로 호기심은 두려움보다 훨씬 강하게 사람을 움직인다. 지금 이선도 그랬다. 이선은 침을 꿀꺽 삼키고는 조심스럽게 방문을 밀었다. 그러고는 살금살금 안으로 들어가는데 문득 인기척이 들렸다.

이선은 반사적으로 고개를 돌렸다.

침대 위에 누군가가 몸을 잔뜩 웅크린 채 등을 보이고 앉아있었다. 긴 머리에 비쩍 마른 여자였다.

이선은 가까스로 신음을 삼키며 조심스럽게 말을 걸었다.

"아, 죄송해요. 아무도 안 계시는 줄 알았어요. 저기 저는 세영 씨랑 같은 회사에서 근무하는 직장 동료인데요."

여자는 미동도 하지 않았다.

"저기, 괜찮으세요?"

그때서야 여자는 고개를 돌렸다.

창백해서 병색이 완연해 보이는 얼굴이었다. 그리고 어딘가 세영과 닮은 부분도 있었다.

"세영이 직장 동료시라고요?"

여자가 힘없는 목소리로 물었다.

이선은 조용히 고개를 끄덕였다.

"네, 한이선이라고 합니다. 실례지만 세영 씨와는……."

"언니에요. 신세민이라고 합니다."

"예? 언니시라고요?"

이선은 깜짝 놀라 되물었다.

로비를 빠져나온 세영은 마침 집으로 가는 버스가 정류장에 들어오는 걸 보고 황급히 달려갔다. 하지만 간발의 차이로 버스를 놓치고 말았다. 기사가 성미 급한 사람이었는지 세영이 달려오는 것을 봤을 텐데도 단 몇 초도 기다려주지 않았다. 버스를 놓친 세영은 인상을 쓰며 디지털 안내판을 쳐다봤다. 비교적 도로가 한산할 시간인데도 다음 버스가 도착하려면 거의 30분을 기다려야했다.

잠시 고민하던 세영은 손을 번쩍 들어 택시를 불렀다.

"이거 마셔보세요. 보이차인데 특히 여자들한테 좋대요."

세민이 그렇게 말하며 보온병에 든 차를 이선에게 따라준다. 이선은 본의 아니게 폐를 끼쳐 미안하다는 듯 두 손으로 잔을 받았다.

"마셔봐요."

세민이 다시 권했다.

안 그래도 목이 마르던 참이었다. 이선은 고개를 끄덕이고 는 차를 한 모금 마셨다. 차는 전부 떫은 줄 알았는데 의외로 맛이 좋았다. 이선은 몇 모금 더 마셨다. 그러면서 곁눈질로 세민을 살폈다.

"저는 세영 씨 언니가 돌아가신 걸로 알고 있었어요. 얼마 전에 세영 씨에게 직접 들었거든요."

이선은 조심스럽게 말을 꺼냈다.

"세영이 입으로 그렇게 말했다면 별로 놀라운 얘기도 아니에요."

세민이 쓰게 웃었다.

"두 분 사이에 무슨 일이 있었던 거죠? 다른 가족 분들은요?"

잠시 망설이던 세민은 고개를 들고 이선을 빤히 쳐다보더니 결심을 굳힌 듯 천천히 말문을 열었다.

"세영이는 저를 많이 미워했어요. 워낙에 약골이라 집 밖을 나가지 못하다보니 자연스럽게 사람들은 저에게 더 관심을 둘 수밖에 없었거든요."

세민은 힘겨운 듯 잠시 사이를 두고 다시 말을 이었다.

"세영이는 누군가 사랑받는 걸 참지 못하는 아이였어요. 그게 피를 나눈 형제라도 말예요. 애정에 대한 집착은 그 애의 본능이에요."

불편한 진실

불편한 진실

"엄마는 세영이를 낳으면서 돌아가셨어요. 그래서 아빠 혼자 저를 돌봐주실 수밖에 없었죠."

학교를 마치고 돌아온 세영은 언니 방에서 흘러나오는 소리를 듣고 까치발로 살금살금 다가갔다. 살며시 문을 열고 안을 들여다보니 아빠가 물수건으로 언니의 얼굴을 닦아주고 있었다. 하지만 아빠의 손길이 어딘가 모르게 야릇한 느낌을 주었다. 한창 예민한 나이라 그런지도 몰랐다. 분명한 것은 그 모습이 어린 세영에게 적지 않은 충격과 자극을 주었다는 사실이다.

순간 아빠와 시선이 마주친 세영은 화들짝 놀라며 문을

닫았다.

방으로 돌아온 세영은 의자에 앉아서 날카로운 연필로 자기 허벅지를 찔렀다. 앙다문 입술 사이로 고통스러운 신음이 흘러나왔다. 하지만 세영은 손을 멈추지 않았다. 조금 전에 봤던 장면을 머릿속에서 지우려는 듯 계속해서 연필로 허벅지를 찔렀다.

교복치마 아래로 붉은 피가 종아리를 따라 흘러내렸다.

그리고 그날 밤이었다.

세영은 속옷만 걸친 차림으로 조용히 아빠 방으로 들어왔다. 아빠는 무척 피곤했는지 세영이 들어온 것도 모르고 곤히 잠을 자고 있었다.

세영은 살금살금 다가가 이불속으로 들어가 아빠 옆에 누웠다. 그러고는 낮에 본 장면을 떠올리며 아빠가 언니에게 그랬듯 세영도 아빠의 뺨과 머리카락을 부드럽게 어루만졌다.

몸을 뒤척이던 아빠는 뭔가 이상한 낌새를 차렸는지 번쩍 눈을 떴다. 흠칫 놀라 고개를 돌리더니 속옷차림으로 옆에 누워있는 세영을 발견하고는 소리를 지르며 벌떡 일어났다.

"너, 뭐야!"

세영은 몸을 가리지도 않고 아빠를 빤히 쳐다봤다.

"아빠 내가 그렇게 싫어?"

"그런 말이 어딨어?"

아빠는 낮게 헛기침을 하며 돌아앉았다.

"다 큰 녀석이 망측하게……."

한숨을 쉬며 담배를 피워무는 아빠를 보며 세영은 자기 생각이 맞다고 확신했다. 아빠는 날 미워하는 게 분명하다고.

"싫어하는 거 맞잖아."

세영이 따지듯이 물었다.

"쓸데없는 소리 하지 말고 어서 건너 가."

하지만 세영은 물러서지 않았다. 아빠를 똑바로 쳐다보면서 기어이 마음에 담고 있던 말을 내뱉고 말았다.

"거짓말 하지 마. 나 때문에 엄마가 죽은 거라고 생각하잖아. 엄마 대신 내가 죽길 바랬잖아. 아니야?"

세영의 거듭되는 추궁에도 아빠는 아무 말도 하지 않았다. 그냥 고개를 돌리고 담배만 피워댈 뿐이었다. 긍정도 아니었지만 그렇다고 부정하는 것도 아니었다. 그런 아빠의 침묵은 세영을 불편하게 했다.

"씨발, 기분 좆같네."

세영은 자리를 박차고 일어났다. 그러고는 신경질적으로 발을 굴리며 방에서 나가버렸다.

혼자 남겨진 아빠는 담배를 눌러 끄고 깊게 한숨을 내쉬었다.

그때였다.

방으로 돌아간 줄로만 알았던 세영이 다시 문을 벌컥 열고 들어왔다.

왜 안자고 다시 왔냐고 야단치려는데 순간 질긴 무언가가 목을 감더니 무서운 힘으로 조여오기 시작했다.

넥타이였다.

세영이 오른발로 아빠의 등에 대고 단단히 지지하고 두 손으로 넥타이를 힘껏 잡아당겼다.

빠져나오려고 발버둥을 쳤지만 세영의 힘이 상상 이상으로 셌다.

넥타이는 점점 목을 조였다.

눈이 붉게 충혈 되더니 금방이라도 튀어나올 것처럼 안구가 돌출되었다. 혀도 길게 나오고 벌어진 입술 사이로 침이 질질 흘렀다.

세영은 이를 악물고 온힘을 다 쏟아 부어 넥타이를 잡아당겼다.

아빠의 저항도 눈에 띄게 약해졌다.

이윽고 둔탁한 소리와 함께 아빠의 목이 부러져버렸다.

마침내 숨이 끊어진 아빠의 몸이 축 늘어졌다.

세영은 그때서야 아빠의 목을 감았던 넥타이를 풀어주고 시신을 발로 밀어서 넘어뜨렸다.

힘없이 무너지는 아빠의 시신.

세영은 전혀 동요하는 기색 없이 무표정한 얼굴로 시신을 내려다봤다. 그러고는 거실로 나가 신발장에서 꺼낸 톱을 들고 다시 돌아왔다. 눈대중으로 뭔가를 가늠해보더니 가져온

톱으로 시신의 사지를 자르기 시작했다.

　세민은 잠결에 인기척을 느끼고 가만히 눈을 떴다.
　어둠 속에서 누군가가 어두커니 서 있는 게 보였다.
　분명히 세영이었다.
　"세영이니?"
　세민이 물었다.
　"응."
　역시 세영이었다.
　다소 긴장했는지 세민이 안도의 한숨을 내쉬며 물었다.
　"왜, 안 자?"
　"언니."
　"응?"
　"나, 사랑해?"
　"갑자기 그게 무슨 말이야."
　뜬금없는 질문에 뭔가 이상하다고 느낀 세민은 손을 뻗어
침대머리맡의 스탠드를 켰다.
　스탠드 불빛이 어둡던 방을 환하게 밝혔다.
　그리고 비로소 세영의 모습을 제대로 볼 수가 있었다.
　"너…… 무슨 짓을 한거야……."
　세민은 동생의 모습을 확인하고 너무 놀라 두 손으로 입
을 가렸다.

세영은 머리에서 발끝까지 온통 피범벅이었다. 하지만 세영이 흘린 피는 아니었다. 다른 누군가의 피가 분명했다.

그렇다는 건…….

세민은 말을 잇지 못했다.

그런 언니를 바라보며 세영이 넋 나간 사람처럼 중얼거렸다.

"아무도 날 사랑하지 않아. 아무도……."

세영의 눈에 눈물이 고였다.

한 사람이
압니다

한 사람이
아니다

"말도 안 돼."

이선은 너무 놀라 말문이 막혀버렸다. 세민이 들려준 이야
기는 민주나 소진의 이야기보다 훨씬 충격적이었다. 무엇보
다 놀란 것은 세영이 해준 이야기는 모두 거짓이라는 사실
이다.

"이건 진짜 말이 안 돼. 그럼 어젯밤에 내게 해준 얘기가
다 거짓이라고? 신세영, 대체 너 정체가 뭐니?"

이선은 혼잣말을 하며 자리에서 벌떡 일어났다.

더는 이 불길한 집에 머물고 싶지 않았다.

이선, 벌떡 자리에서 일어난다.

그때였다.

밖에서 대문을 여는 소리가 들렸다.

세영이 집에 온 것이다.

깜짝 놀란 두 사람은 서로를 마주 봤다.

"언니, 나 왔어."

세영이 언니를 부르며 현관문을 열고 들어왔다. 신발을 벗다가 문득 한쪽에 가지런히 모아놓은 압정들을 발견하곤 의미심장하게 웃었다. 세영은 그중 하나를 집었다. 핏자국이 남아있었다. 이선이 밟았던 압정이다.

세영은 발소리를 죽이고 거실을 지나 주방으로 향했다. 그러더니 망설임 없이 식칼을 하나 집었다.

세영은 칼을 쥐고 눈을 희번덕거리며 천천히 걸음을 옮겼다.

집 안 어딘가에 숨어있을 불청객을 찾기 위해서.

안방부터 살폈다. 구석구석. 찾기만 하면 칼로 쑤셔주겠다는 듯 눈에 불을 밝히며 꼼꼼히 뒤졌다.

다음에는 옷방을, 그리고 언니 방을 찾았다.

세영은 살며시 방문을 열었다.

"언니, 나 왔어. 자나 봐?"

세민은 이불로 머리까지 뒤집어쓰고 꼼짝도 하지 않았다.

세영은 정말로 자고 있는지 칼등으로 툭툭 건드려보았다. 몇 번을 그렇게 해봤지만 세민이 미동도 하지 않자 포기하고 옷장 앞으로 다가갔다. 그러고는 옷장 문을 확 열고 식칼을 들이댔다.

하지만 기대와 달리 옷장 안에서도 불청객은 찾을 수가 없었다.

"아, 시시해."

세영은 실망했다는 듯 어깨를 늘어뜨리더니 털레털레 방에서 나갔다.

이윽고 자기 방으로 들어가는 소리가 들렸다.

그러자 세민이 덮고 있던 이불을 걷으며 천천히 몸을 일으켰다. 그리고 세민과 함께 숨어있던 이선도 신발을 가슴에 꼭 끌어안고 침대에서 내려왔다.

세민이 먼저 밖을 살폈다. 세영이 없다는 걸 확인하자, 이선에게 나가도 좋다는 신호를 보냈다.

이선은 세민에게 눈짓으로 감사하다고 인사하고 까치발로 살금살금 거실로 나왔다. 다행히 세영은 방에서 나오지 않고 있었다. 이때다 싶어 서둘러 신발을 신으려는데 문득 한쪽 구석에 아무렇게나 팽개쳐져있는 낯익은 운동화가 눈에 들어왔다. 의아한 눈초리로 운동화를 살피던 이선은 깜짝 놀라며 벌떡 일어섰다. 그 운동화는 바로 남자친구인 재욱의 것이었다.

움찔하며 물러서는 이선의 눈에 아까는 미처 의식하지 못했던 커다란 종이박스가 들어왔다. 세탁기 하나를 통째로

넣을 수 있을 정도로 큰 박스였다. 그런데 박스 모서리부분에 길게 거뭇한 자국이 있었다. 핏자국처럼 보였다.

남자친구의 신발과 핏자국. 그리고 안에 무엇이 들어있는지 도무지 상상조차 할 수 없는 커다란 종이박스. 거기에 어젯밤과 오늘 하루 동안 들었던 세영에 대한 이야기까지 겹쳐지자 무서운 상상이 머릿속에 떠올랐다.

"설마……."

이선은 너무 놀라 입을 가리며 뒷걸음을 쳤다.

그때 뒤에서 인기척이 느껴졌다. 돌아보니 세영이 언제 나왔는지 배시시 웃고 있으며 손을 흔들고 있었다.

"언제 오셨어요, 팀장님. 우리 집은 어떻게 알았대?"

"너, 재욱 씨한테 무슨 짓 한 거야!"

이선은 다짜고짜 소리치며 달려들다가 세영의 손에 쥔 식칼을 발견하곤 그대로 얼어붙었다.

세영이 고개를 갸우뚱했다.

이선이 갑자기 핸드백에서 뭔가를 찾았기 때문이다. 곧바로 정신없이 꺼낸 것은 성경책과 앙증맞은 크기의 묵주 십자가였다. 이선은 양손에 각각 십자가와 성경책을 쥐더니 이렇게 외쳤다.

"물러가! 이 사탄아, 물러가!"

피식.

세영은 참지 못하고 웃음을 터뜨렸다.

"어머. 이게 뭐에요. 팀장님. 씨발, 좀 귀엽네."

이선은 스스로 생각해도 한심했는지 입술을 깨물었다. 그러고는 이럴 때가 아니라 빨리 달아나야겠다고 생각했다.

그런데 뭔가 이상하다.

갑자기 몸이 천근만근 무거워져서 발을 떼는 것조차 쉽지 않았다. 시야도 흐려지고 어질어질하더니 몸이 아래로 가라앉았다.

'뭐지? 내가 왜, 왜 이러지……'

서서히 의식이 꺼져가는 이선의 시야에 또 다른 얼굴이 들어왔다.

세민이었다.

방금 전까지만 해도 병색이 완연해보였던 세민은 생글생글 웃는 얼굴로 손에 쥔 뭔가를 흔들어보였다.

그것은 보이차를 담았던 보온병이었다.

이선은 그 차를 마셨고…….

'아, 설마!'

그때서야 알았다.

세민이 일부러 약을 탄 보이차를 자신에게 먹였다는 사실을. 하지만 그게 전부가 아니었다.

더 놀라운 사실이 있었다.

이선은 그걸 비로소 깨닫고 말았다.

마녀는 한 사람이 아니라 두 사람이라는 사실을.

세영도, 세민도, 모두 마녀였던 것이다.

마녀들이
사는 법

마녀들이
사는 법

이선은 절망했다. 두려움이 노도처럼 밀려왔다.

힘겹게 눈을 뜨니 세영이 이선을 내려다보고 있었다. 무엇
이 그렇게 기쁜지 입가에 환희의 미소가 걸려 있었다. 마치
천진난만한 아이 같은 미소로 보이지만, 그 이면에는 무시무
시한 악의(惡意)가 숨겨져 있었다.

이선은 두려움에 몸을 떨었다.

자신을 향하고 있는 그 지독한 악의의 결말이 무엇인지
이미 직감하고 있었기 때문이다. 그것은 어떻게 해도 모면할
수 없는 것이었다.

어쩌면 세영이 바라고 있는 것은 이선의 소멸일지도 몰랐
다.

어디서부터 잘못된 것일까.

내가 무엇을 잘못한 것일까.

죽음에 직면한 이선은 그 이유를 알기 위해 필사적으로 기억을 더듬었다.

"신세영 씨! 우리 회사에 지원하게 된 이유가 뭐죠?"

"왠지 여기선 사랑받을 수 있을 거 같아서요."

"그래요?"

"예, 팀장님도 참 좋으신 거 같구. 회사 분위기도 따뜻해 보여요. 그래서 함께하고 싶어요."

"특이하네요. 그런데 직장생활 하다 보면 마냥 그렇진 않을 텐데……."

"아마 그렇겠죠. 그래도 괜찮아요. 저 나름대로 사랑받는 법을 알고 있거든요."

"정말요? 그게 뭔지 물어봐도 되요?"

"그건 조금만 아프면 되요."

"세영 씨는 착할 것 같애."

"제가요?"

"응. 느낌이 좋아."

"사실…… 저 되게 못됐어요."

"정말?"

"예…… 저 많이 사악해요."

"그렇게 솔직히 말하니까 나는 더 마음에 드는데? 우리 잘 지내봐요."

"잘 부탁드려요, 팀장님."

"나야말로 잘 부탁해."

무엇이 문제였을까.

아무리 생각해도 알 수 없었다.

그저 세영이 말 잘 듣는 착한 아이라고만 생각했다.

세영은 '웃지 않는 눈'으로 이렇게 말했다.

죽어, 죽어버려……

세영은 '마녀'다.

이제는 이선도 안다.

하지만, 그 사실을 너무 늦게 알았다.

마취약에 마비되었던 감각들이 살아나자 천장에 매달려 위태롭게 돌아가고 있는 커다란 프로펠러가 보였다.

이선은 몸을 움직이려고 했지만 그럴 수가 없었다. 손과 발이 끈으로 묶여있어 옴짝도 할 수 없었다.

"세영 씨, 이게 무슨 짓이야."

이선이 힘없는 목소리로 항변했다.

세영은 그 말을 무시하고 성경책과 십자가를 들어보였다.

"팀장님, 여기서 뭐하고 계셨어요? 십자가에 성경책 들고. 전도하러 다녀요? 여호와의 증인도 아니고. 쩔어, 진짜."

피식.

세영은 실소를 머금더니 이선의 발 아래쪽에 자리를 잡고 앉았다. 그러자 세민은 머리 쪽으로 와서 이선의 두 팔을 단단히 잡았다. 지금부터 이 자매가 무엇을 하려는지 상상조차 할 수 없었다. 아니, 상상하기 싫었다.

"팀장님은 이제껏 누구한테 미움 받아본 적도 없고, 서러웠던 적도 없죠? 돈 많은 부모님에 남부럽지 않은 스펙에, 그럴싸한 남자친구에, 말 잘 듣는 부하직원들까지. 그러면서 자기 몸도 끔찍이 아껴요. 그쵸?"

"……."

이선은 아무 대꾸도 하지 않았다.

"그런데 고작 제가 회사에서 관심 받는 게 그렇게 싫었어요? 이렇게까지 뒤를 쑤시고 다니면서 제 흠을 잡고 싶었어요? 팀장님, 진짜 나빠요."

"미안해, 세영 씨. 내가 정말 잘못했어."

이선이 애타게 구걸하고 애원했다.

하지만 세영은 듣는 척도 안하고 바닥에 뭔가를 늘어놓았다.

압정, 송곳, 뾰족하게 깎은 연필……

용도를 알 수 없지만 하나같이 날카로운 도구들이었다.

세영은 잠시 고민하더니 압정 하나를 들어보였다. 압정을 보자 이선은 소스라치게 놀라며 다급하게 외쳤다.

"세영 씨! 제발, 제발 살려줘……"

무서웠다. 너무 두려워서 눈물이 날 지경이었다.

세영은 그런 이선을 내려다보며 재미있다는 듯 비릿하게 웃었다.

"팀장님께 처음이자 마지막으로 선물을 드리고 싶어요."

그러더니 손에 쥐고 있던 압정을 힘껏 이선의 발바닥에 찔러 넣었다.

이선은 고통을 참지 못하고 비명을 질렀다. 그 소리가 듣기 싫었는지 세민이 수건으로 이선의 입을 틀어막았다.

"울지 마. 괜찮아, 쉬, 쉬……"

마치 우는 아이를 달래듯이 이선의 머리를 쓰다듬어주며 동생처럼 오싹한 미소를 지어보였다.

"별로 아프지 않아. 조금만 참아. 금방 끝날 거야. 착하지, 응?"

그러는 동안에도 세영은 계속해서 이선의 발바닥에 압정을 박았다. 열댓 개나 되는 압정들이 순식간에 이선의 두 발에 박혔다. 단 한 개의 압정도 남기지 않고 모조리 사용한 세영은 뿌듯하다는 얼굴로 이선을 쳐다봤다.

"생각보다 잘 참네. 남자친구랑 달라. 그 새끼는 압정 하나만 박았을 뿐인데 돼지 새끼마냥 꽥꽥 거리던데……."

"맞아, 아주 시끄러웠어."

두 자매가 서로 주거니 받거니 하며 키득거렸다.

이선은 눈을 부릅떴다.

억울하고 분했다. 그리고 두려웠다. 살고 싶었다. 살 수만 있다면 무슨 짓이라도 할 수 있을 것 같았다.

하지만 이 두 마녀는 그런 기회를 줄 것 같지 않았다.

세영이 새로이 압정들을 가져오더니 이번에는 조금 더 올라가 이선의 아랫배를 깔고 앉아서 이선의 웃옷을 걷어 올렸다.

이선의 하얀 배가 드러나자 세영은 부럽다는 눈길로 내려다보며 손으로 부드럽게 어루만졌다.

"배꼽이 예쁘네요. 남자친구가 많이 예뻐해 줬겠어요."

세영은 압정을 배꼽 아래에 힘껏 박아 넣었다. 동의 같은 건 구하지도 않았다. 그냥 하고픈 대로 맘껏 이선을 유린했다.

이선이 고통스럽게 신음을 토할 때마다 두 자매는 즐겁다는 듯 깔깔거렸다.

"언니랑 나는 같은 날 함께 태어났어요. 언니가 나오고 내가 나오기까지 한 시간이나 걸렸대요. 고집 센 나 때문에 엄마 많이 힘들었나 봐요. 결국 내 목숨과 엄마 목숨을 바꿔야

했거든요."

세영은 압정을 하나씩 박으면서 묻지도 않은 이야기를 주절주절 늘어놓았다. 마치 대단한 친절을 베풀기라도 한다는 듯.

이선은 그런 끔찍한 이야기는 더는 듣고 싶지 않다고 외치고 싶었지만 입을 틀어막고 있는 수건 때문에 고통스러운 신음만 낼 수 있었다.

"아빠 의사한테 나를 죽이고 엄마를 살려야한다고 그랬대요. 그렇게 내 인생은 증오와 함께 시작된 거예요. 웃기죠?"

이제 그만! 더는 듣고 싶지 않아.

이선은 도리질을 쳤다. 하지만 그럴수록 두 자매는 더 기뻐하고 신이 났다. 압정을 박는 세영의 손놀림이 점점 빨라졌다.

"마녀는 어디서든 사랑받지 못할 운명인가 봐요 사악한 건 어떻게 감춰도 티가 나거든요."

새로 가져온 압정들도 모두 박고나자 세영은 이선의 입을 틀어막고 있던 손수건을 꺼내주었다.

이선은 크게 숨을 토하고는 두 자매를 한껏 노려봤다.

"이 미친년들!"

그러자 세영이 기다렸다는 듯이 손을 뻗어 입을 벌리게 하고 숨겨두었던 압정을 이선의 입천장에 박았다.

이선이 새된 비명을 지르며 발버둥을 치자, 세민이 두 손으로 움직이지 못하게 어깨를 힘껏 눌렀다.

"쉬, 쉬……."

세민은 고통스러워하는 이선의 이마에 입을 맞추고는 다정하게 속삭였다.

"우릴 너무 미워하지 마. 우린 그냥 존재하는 것만으로도 미움을 받았어. 아빠도, 엄마도, 친구들도…… 모두 우릴 버렸어. 그래서 우린, 우리 나름대로 최선을 선택한 거야. 그러니까 우리보다 착한 니가 이해해."

이선은 뭐라고 대꾸하고 싶었지만 압정이 박힌 입천장에서 피가 계속 흘러나와 입 안을 가득 채워서 그럴 수가 없었다. 쿨럭, 쿨럭, 피거품만 일어날 뿐이었다. 더는 반항할 힘도 없었다.

축 늘어지는 이선의 눈에서 눈물이 흘러내렸다.

"그래, 잘 참네."

세민이 대견스럽다는 듯 이선의 머리를 쓰다듬었다.

"이제 마무리를 해봐야지?"

세영이 의미심장하게 웃으며 송곳을 집었다. 그러고는 몸을 숙이더니 이선의 귓가에 대고 나직하게 속삭였다.

"죽어. 사랑받는 것들은 다 죽어버려……."

세영의 집 거실에는 원래 있던 박스 말고도 또 하나의 커다란 종이박스가 새로 놓여졌다.

방문이 열리고 출근 준비를 마친 세영이 방에서 나왔다.

"언니, 나 출근해."

세영은 신발을 신다가 말고 거실 한구석에 나란히 놓인 종이박스들을 흐뭇하게 바라봤다.

그중 하나에는 화영이 이선에게 주었던 반지가 놓여있었다.

에필로그

나는 담배를 피우며 그녀를 기다렸다.

약속 시간까지는 몇 분 정도가 남아있어서 담배 한 개비 정도 피울 시간은 충분했다. 물론 그녀가 오기 전에 담배를 다 피우고 꺼야 한다. 그녀는 요즘 젊은 여자들 같지 않게 흡연에 대해서 그리 관대하지 않다. 그건 나 같은 흡연가에는 별로 달가운 일은 아니지만 아무래도 좋다. 차차 그녀의 생각을 바꿔놓으면 그만이니까. 어떻게 그런 일이 가능하냐고?

그거야 내가 아주 뛰어난 픽업아티스트이기 때문이다. 물론 본업은 따로 있다. 여의도에 위치한 증권회사에서 펀드매니저로 근무 중이다. 이만하면 내가 꽤 나쁘지 않은 스펙의 소유자라는 걸 짐작할 수 있을 것이다.

그럼 내가 기다리고 있는 그녀는 어떤가.

거기에 대해서는 조금 설명이 필요하다.

사실 그녀는 그동안 내가 '픽업'했던 여자들과는 많은 부분에서 다르다. 내가 주로 타깃으로 삼았던 여자들은 외모나 재력에 있어서 상위 5퍼센트에 해당하는 소위 퀸카들이었다.

그런데 그녀는 키가 모델처럼 늘씬하지도 않고 돈이 어마어마하게 많은 것도 아니며 그렇다고 대단한 미인도 아니다.

그럼 왜 나 같은 남자가 그런 여자를 만나는가.

이유는 간단하다.

나로 하여금 도전하고 싶은 정복욕을 자극하는 여자이기 때문이다.

그녀를 처음 만난 건, 몇 주 전의 일이다.

하필이면 나의 애마가 아침부터 말썽을 일으키는 바람에 하릴없이 그날은 전철을 타고 출근해야 했다. 택시를 탈 수도 있었지만 출근 시간이라서 도로 사정이 조금이라도 나쁘면 지각할지도 몰랐다. 그래서 체면을 구기고 전철을 타고 출근한 것이다. 하지만 정말 오랜만에 타는 전철이라 무척 낯설었고 덕분에 의도치 않은 실수를 범하게 되었다. 솔직히 '만원 전철'이라는 것을 처음 타봤다. 비좁은 공간 안에서 많은 사람들과 부대끼다보니 불가피한 신체접촉이 두어 번 이뤄졌다. 그런데 공교롭게도 그 대상이 유독 한 사람뿐이었다.

그렇다. 그게 바로 그녀다.

나는 그녀와 환승역에서 같이 내렸는데 불쑥 그녀가 돌아서더니 나를 쏘아보며 이렇게 말했다.

"이봐요, 거기. 왜 자꾸 날 더듬어요. 경찰에 신고하지 않은 걸 다행으로 여기세요. 나는 그쪽 같은 타입은 별로거든요."

정말 어이가 없었다.

키도 작고 얼굴도 평범하고 옷차림은 너무 수수하고.

아무리 훑어봐도 그런 자신감이 어디서 나오는지 이해할 수가 없었다. 그런데 묘하게도 어떤 오기가 생겼다.

보아하니 남자 경험도 별로 없는 것 같고, 그래서 더욱더 서투름을 날선 태도로 감추고 있는 여자.

딱 봐도 견적이 나왔다.

그런 주제에 나를 우습게보다니. 이 굴욕을 어떻게든 갚아주고 싶었다. 씨바, 어디 한번 자빠뜨려봐?

나는 한번 맘먹은 일은 어떻게든 해야 직성이 풀리는 사람이다. 그래서 곧바로 실행에 옮겼다.

나는 씩씩하게 걸어가고 있는 그녀를 곧바로 따라잡았다.

그러고는 팔을 잡았다.

그녀가 놀란 눈으로 나를 쳐다봤다.

"저기요. 그렇게 자기 할 말만 하고 가면 어떡합니까. 나도 말할 기회는 줘야죠. 내가 그쪽 취향이 아니라고 했죠? 그런데 이걸 어쩌죠. 그쪽은 완전 내 타입인데……."

내 말을 듣고 그녀의 눈동자가 흔들렸다.

그럼 그렇지. 나에게 안 넘어올 여자가 이 세상에 존재할 리가 없다.

나는 곧바로 그 자리에서 연락처를 따고 본격적인 작업에 들어갔다. 그런데 이 여자, 보기보다 만만치 않았다. 늘 정상을 앞두고 7부 능선에서 나를 거부했다. 그럴 때마다 나는 묘한 좌절감을 느끼는 것과 동시에 승부욕으로 불타올랐다. 그래서 포기하지 않고 끈질기게 기회를 노리며 그녀의 아킬레스가 무엇인지 살폈다.

그러던 바로 어제였다.

"내가 그렇게 좋아요? 나 좋아하면 안 되는데, 아주 끔찍한 일이 일어날 거예요. 그래도 내가 좋아요?"

나는 그걸 마지막 관문이라고 여기고 그렇다고 대답했다.

"좋아요. 그럼 내일 시간 있어요? 우리 집에서 같이 저녁 먹지 않을래요? 언니랑 단 둘이서만 살거든요."

마다할 이유가 있는가. 나는 당연히 좋다고 했다.

그래서 지금 퇴근하자마자 차를 가지고 그녀의 회사 앞에서 담배를 피우며 그녀를 기다리고 있다.

마침내 그녀가 나타났다.

나는 얼른 담배를 끄고 차를 몰아 그녀에게 달려갔다.

내가 바로 앞에 차를 세우자 그녀는 생긋 웃으면서 다가왔다.

"미안해요. 많이 기다렸죠?"

"아니, 나도 방금 왔는데. 얼른 타, 세영 씨. 언니가 기다리 겠다."

나는 매너 좋은 신사답게 차에서 내려서 조수석의 문을 열어주었다.

그녀—세영은 고맙다고 말하며 조수석에 올라탔다.

나는 운전석으로 돌아와 차를 출발시켰다.

그녀와 그녀의 언니가 사는 집을 향해.

후후후, 오늘밤 나는 그토록 바라던 '고지'를 점령하고, 내 일 보란 듯이 그녀를 버릴 것이다.

아, 내가 말했던가.

세영은 자기 별명이 마녀란다.

왜 그런 별명이 붙여졌는지 곰곰이 생각해봤더니 금세 답 을 찾을 수 있었다. 아마도 그녀는 밤이면 '마녀'로 변할 것 이다.

벌써부터 기대가 된다.

마녀와 보내는 밤은 어떨지…….

나는 오늘 마녀들이 사는 집으로 간다.

특집

괴담 20선

양심이 붙는 여름

　그리 멀지 않은 과거에는 서울에도 동네마다 장의사가 한 두 곳 정도는 있었다. 주거문화가 아파트 중심으로 바뀌면서 장례문화에도 변화가 생겨 병원 영안실이 장례식장으로 자리를 잡자, 상조회사의 등장과 함께 동네 장의사들이 빠르게 사라져갔다.

　하지만 많은 사람들이 아직까지도 동네 상의사에 대한 기억을 간직하고 있다. 그것이 좋은 쪽으로든, 나쁜 쪽으로든.

　김성민 씨의 경우, 어린 시절에 장의사가 바로 옆집에 살았다.

　워낙 예전 일이라서 이름은 기억나지 않고 성씨가 최였다는 것만 기억한다고 한다. 그가 기억하는 최 씨는 무척 과묵

하고 조용한 사람이었다.

아무래도 직업이 그래서인지 이웃하고 왕래도 적었고, 최 씨와 관련해서 이상한 소문들도 꽤 있었다. 그 소문이라는 게 대부분 허무맹랑해서 당시 김성민 씨는 그냥 지어낸 이야기라고 생각했다.

하지만 어린 그의 눈에도 종종 최 씨는 뭔가 범상치 않은 기운을 풍기곤 했다. 그건 아마도 늘 죽음을 마주하는 장의사라는 직업이 주는 선입견, 혹은 경외감 때문이었던 것 같다고 김성민 씨는 회상했다. 하지만 그럼에도 최 씨가 평범한 사람이 아니었던 것만은 분명했다고 한다.

김성민 씨가 초등학교 때 겪었던 이야기다.

당시 고등학생이었던 큰누나가 경주로 수학여행을 다녀오고 나서 뜬금없이 헛소리를 하고 밤마다 시름시름 앓았다.

점점 증세가 심해지자, 할머니가 최 씨를 찾아가 '막음질'이라는 걸 부탁했다. 나중에 주위들은 이야기로는 최 씨가 몇 사람 남지 않은 '막음쟁이'였다고 한다.

할머니의 부름을 받은 최 씨는 며칠간 김성민 씨의 집을 찾아와 누나에게 침도 놓고, 밤새 경도 외우면서 뭔가 알 수 없는 의식을 치렀다. 그러고는 그게 정말로 효과가 있었는지 큰누나는 얼마 지나지 않아서 건강을 되찾았다.

어린 마음에 마냥 신기했던 김성민 씨는 그 일이 있은 후, 가족들 몰래 최 씨를 찾아갔다. 그리고 최 씨의 눈치를 살피면서 이것저것 물어보았다.

처음에는 대답을 회피하던 최 씨는 어린아이의 끈질긴 질문 공세를 버티지 못하고 하나둘씩 이야기를 해주었다.

최 씨의 설명에 따르면 큰누나가 그렇게 된 건 귀신이 붙었기 때문이었다고 한다. 그래서 최 씨가 막음질로 나쁜 귀신을 떼어냈다는 것이다.

처음 들어보는 신기한 얘기에 그는 계속해서 질문을 던졌다.

"그럼 귀신은 왜 붙는 거예요?"

최 씨는 잠시 망설이더니 여러 가지 원인이 있다고 얼버무렸다. 하지만 그는 집요하게 자세히 이야기해달라고 졸랐다. 그러자 최 씨는 굳은 얼굴로 그를 바라보다가 손가락으로 눈을 찌르는 시늉을 하며 이렇게 말했다고 한다.

"가끔 드물지만 귀신과 눈이 마주치면, 그런 일이 벌어져. 그러니까 너는 그냥 멍하니 한곳을 바라보는 거지만 마침 그곳에 귀신이 서 있다가 서로 눈이 마주치면 자기를 알아본다고 생각하고 너에게 다가와 붙는 거야. 귀신은 원래 외롭고 소외된 존재라 늘 인연을 갈구하거든. 그런데 누군가가 자길 알아보면 그것보다 반가울 순 없는 거지. 그래서 한번 붙으면 잘 떨어지지 않으려고 들고. 물론 너는 귀신과 눈이 마주쳤다는 걸 전혀 모르지. 그러니 멍하니 넋 놓고 한곳을 바라보지 마. 그러다 괜히 귀신이랑 눈이 마주친다."

"저기 봐."

"저기 지금……."

그리운 할머니

창우는 물을 마시러 주방으로 갈 때마다 건넛방이 눈에 들어오면 가슴 한구석이 짠해졌다. 몇 달 전까지만 하더라도 할머니 방이었던 그 방은 쓰지 않는 물건을 쌓아두는 창고로 전락해버렸다.

오랫동안 당뇨를 앓던 할머니는 지난봄에 합병증으로 세상을 떠났다.

어릴 때는 부모 모두 맞벌이를 하느라 거의 할머니 품에서 자랐던 창우는 누구보다 슬퍼했고, 지금까지도 할머니의 빈자리를 크게 느꼈다. 너무 보고 싶고 그리워서 꿈에서라도 할머니를 만나고 싶었지만 그것도 맘처럼 쉽지 않았다. 일부러 할머니 사진을 품에 안고 자거나, 할머니가 쓰던 베개를 베고 자보았지만 여전히 할머니 꿈을 꿀 수가 없었다. 다른 식구들은 돌아가신 할머니 꿈을 종종 꾸었다는데 유독 창우만 할머니 꿈을 꾸지 못했다. 심지어 할머니와 사이가 좋지 않았던 누나마저도 두 번이나 할머니를 꿈에서 봤다는 말에 창우는 내심 서운한 마음까지 들었다. 마치 할머니가 일부러 자기만 찾아오지 않는 것처럼 느껴졌다.

'나도 더는 할머니를 그리워하지 않을래.'

한동안 창우는 할머니 생각을 하지 않으려고 애썼다. 하지만 그것도 쉽지가 않았다. 길을 가다가 나이든 노인과 마주칠 때라든가, 무심코 TV를 켰는데 마침 할머니가 좋아하던 프로그램이 방영 중이면 어떻게 해볼 새도 없이 할머니 생각이 떠올라 괜히 우울해졌다. 지금이라도 할머니 방에 들어가면 웃는 얼굴로 우리 강아지 왔냐며 엉덩이를 토닥여 줄 것만 같았다. 그렇게 창우는 할머니 생각을 하며 밤새 뒤척이다가 새벽녘에 잠들었다.

"창우야, 창우야……."

환청일까.

창우는 잠결에 귀에 익은 목소리를 듣고 살며시 눈을 떴다. 누군가가 침대 옆에 웅크리고 앉아서 창우를 바라보고 있었다.

"창우야, 할미야. 할미가 왔어."

"할머니?"

창우는 반가운 마음에 벌떡 일어났다.

할머니였다.

분명히 돌아가신 할머니가 웃는 얼굴로 창우를 바라보고 있었다.

"정말 할머니야? 할머니, 다시 돌아온 거야?"

"우리 강아지가 보고 싶어서……."

창우는 너무 기쁜 나머지 무슨 말을 해야 할지 몰랐다. 그러다가 문득 식구들에게도 알려야겠단 생각이 들었다. 다들 자기처럼 기뻐할 테니까.

"엄마! 할머니가 돌아왔어. 엄마……."

그때였다.

할머니가 갑자기 목소리를 낮추라는 듯 손가락을 입술을 대며 고개를 가로저었다.

"쉿. 할미가 온 거 알면 안 돼."

"왜?"

창우는 고개를 갸웃했다.

"이따가 말해줄게."

"음, 알았어."

"우리 강아지, 할미 보고 싶었어?"

"당연하지! 내가 얼마나 보고 싶었는데. 엄마랑 아빠 그리고 누나까지 할머니를 꿈에서 봤다는데 난 아무리 애를 써도 안 되고……."

"그래, 그래. 우리 강아지, 할미가 보고 싶었구나. 아이구, 예뻐라."

할머니가 생전에 그랬던 것처럼 창우의 엉덩이를 토닥여 주었다.

"창우야."

"응?"

"할미가 좋니? 할미랑 같이 있고 싶어?"

"어, 좋아. 난 할머니가 제일 좋아."

"그럼 할미랑 같이 있을까?"

"정말?"

창우가 되물었다.

할머니가 웃으면서 고개를 끄덕였다.

"그럼 우리 강아지, 할미랑 같이 가자."

"어딜?"

창우가 물었다.

할머니는 따라오면 안다면서 창우의 손목을 잡았다.

처음에는 아무 의심 없이 할머니를 따라 나선 창우는 현관에 다다랐을 때, 문득 할머니 손이 너무 차갑단 느낌이 들었다.

"할머니, 잠깐."

창우가 걸음을 멈추었다.

"왜, 우리 강아지."

"엄마한테 말하고. 그냥 말도 없이 나가면 나중에 엄마가 혼낼 거야."

"괜찮아, 이 할미랑 가는 건데."

"아냐, 분명히 엄마가 뭐라고 할 거야. 금방이면 돼."

"그냥 가자, 창우야."

창우는 얼굴을 찡그렸다. 할머니에게 잡힌 손목이 점점 아파왔기 때문이다. 손을 빼려고 했지만 할머니가 꽉 잡고 놓아주질 않았다.

"잠깐만, 할머니. 너무 아파. 이거 좀 놓고 말해."

"할미랑, 얼른 가자니까. 어서 따라와."

할머니는 막무가내로 창우를 잡아끌었다.

"어서 가자, 어서!"

할머니가 정색하며 언성을 높였다. 마치 다른 사람처럼 느껴졌다. 생전에 할머니는 창우에게 큰소리를 낸 적이 단 한 번도 없었다. 창우는 갑자기 무서운 생각이 들었다. 이대로 따라가면 안 될 것 같았다.

"싫어, 안 갈래."

창우는 다리에 힘을 주고 버텼다. 작은 체구 어디에서 그런 힘이 나오는지 창우는 할머니에게 질질 끌려갔다.

"할머니, 싫어. 나, 안 갈래. 나……."

"이놈, 따라와! 나랑 가자고!"

할머니의 목소리가 귀를 막고 싶을 정도로 쩌렁쩌렁하게

울렸다. 그런데도 식구들 중 어느 누구도 방에서 나와 보지
않았다.

"싫어!"

창우는 이를 악물고 할머니를 번쩍 안아들었다. 그러고는
생각할 겨를도 없이 바로 옆에 보이는 누나 방을 열고 집어
던지듯이 할머니를 밀어 넣고 다시 문을 닫았다. 안에서 할
머니가 악다구니를 쓰며 방문을 거칠게 두드렸다.

"이놈! 문을 열어! 이놈! 이 찢어죽일 놈!"

창우는 문고리를 단단히 잡고 있는 힘을 다해 버텼다.

할머니가 아예 부술 기세로 문을 걷어차고 주먹으로 두들
겼다.

"창우야!"

순간, 엄마의 목소리가 들렸다.

그 소리에 창우는 눈을 번쩍 떴다.

꿈을 꾼 것이다.

밖에서 엄마가 창우를 부르며 문을 두드리고 있었다.

창우는 헐레벌떡 거실로 나갔다가 그대로 얼어붙고 말았
다.

누나 방에서, 아빠가 누나를 흔들어 깨우고 있었다. 하지
만 아무리 깨워도 누나는 눈을 뜨지 않았다.

어둠 속 안내

진규는 무서운 이야기라면 자다가도 벌떡 일어날 만큼 좋아했다. 공포영화, 공포소설은 물론이고 놀이동산에 가도 '귀신의 집'은 무조건 가야할 정도로 '공포물'을 사랑했다. 그건 나이를 먹고 직장을 다니고, 장가를 가서도 변하지 않았다. 특히 술자리에서는 사람들을 선동해서 어떻게든 무서운 이야기를 하게끔 만들었다.

그래서 종종 그런 분위기를 싫어하는 여직원들에게 원성을 사기도 했지만 늘 자기만 즐거우면 그만이라는 식이었다.

그러던 어느 날이었다.

그날도 직원들과 회식을 하던 중에 진규는 눈치를 보다가 은근슬쩍 무서운 이야기로 화제를 돌렸다.

몇몇 직원들은 벌써부터 싫은 내색을 비쳤지만 직장 상사인 진규의 의사를 거스를 순 없어서 다들 마지못해 동참하는 분위기였다.

진규는 짓궂은 데가 있어서 무서워하는 사람을 보면 더욱더 분위기를 몰아가곤 했는데 그날도 새로 입사한 신입사원 중에 유독 겁을 내는 여직원이 있었다. 이제 갓 대학을 졸업한 새내기였는데 눈망울이 크고 얼굴이 하얘서 그냥 보기에도 겁이 많아 보였다.

결국 그 신입사원은 진규의 집요한 공세에 울음을 터뜨리고 말았다.

진규는 사람들의 눈총을 받아가며 그 여직원에게 사과했지만 속으로는 오늘도 한 건 올렸다며 기뻐했다.

늦게까지 이어진 회식은 거의 자정 무렵에 끝났는데 갑자기 천둥이 치더니 추적추적 비가 내리기 시작했다.

'아, 이런 날이야말로 진짜 무서운 이야기가 제격인데. 아쉽네. 직원들을 더 붙들 수도 없고.'

진규가 입맛을 다시며 아쉬워하고 있는데 문득 뒤에서 누군가가 다가와 말을 걸었다.

"과장님."

돌아보니 아까 자기가 울렸던 그 신입사원이었다.

"응, 그래. 희숙 씨, 아까는 미안했어. 일부러 그런 건 아니야. 미안해, 정말."

"네. 알겠습니다. 그런데 과장님."

"응?"

"귀신 이야기를 너무 좋아하진 마세요."

"왜, 애들 같아서?"

진규가 히죽 웃으면서 너스레를 떨었다.

그러자 신입사원은 조용히 고개를 가로저었다.

"그럼 왜?"

"걔들이 좋아해요."

"응? 누가 좋아한다고?"

진규가 되물었다.

신입사원은 잠시 머뭇거리더니 낮게 속삭이듯 말했다.

"귀신들이요. 이야기를 자꾸 하면 자기들을 좋아하는 줄 알고 그 사람한테 붙기도 해요."

그 이야기를 드는 순간, 진규는 갑자기 등골이 서늘해졌다. 그래서 무의식중에 마른침을 꿀꺽 삼켰다.

"그럼 내일 뵙겠습니다. 조심해서 들어가세요."

신입사원이 인사를 하더니 다른 직원들과 함께 저쪽으로 사라졌다.

진규는 한동안 멍하니 바라보다가 퍼뜩 정신을 차리고 주변을 둘러보았다. 자정이 지난 시간이라 그런지 주변에는 아무도 없었다.

빗방울이 점점 굵어지고 천둥소리도 요란했다.

진규는 무언가에 쫓기듯 얼른 택시를 타고 귀가했다.

집에 돌아와 보니 기다리다가 지쳤는지 아내는 먼저 이불을 뒤집어쓰고 자고 있었다. 아마도 일주일 내내 술을 마시고 늦게 귀가해서 단단히 토라진 모양이었다.

진규는 미안했는지 발소리를 죽이고 욕실로 가서 간단히 세면만 하고 돌아와 조용히 잠옷을 갈아입었다. 그러고는 도둑고양이처럼 살금살금 이불 속으로 들어갔다.

그렇게 얼마나 잤을까.

창문을 뒤흔들 정도로 커다란 천둥소리에 진규는 깜짝 놀라 그만 잠이 깨고 말았다. 옆을 보니 아내는 여전히 잠을 자고 있었다. 진규는 다시 잠을 청하려고 누웠다가 문득 신입사원의 말을 떠올렸다.

"귀신들이요. 이야기를 자꾸 하면 자기들을 좋아하는 줄 알고 그 사람한테 붙기도 해요."

그 말을 상기하자마자 다시 서늘한 느낌이 들었다.

"에이, 설마……."

하지만 마음은 계속 불안했다.

진규는 얼른 침대에 눕고 이불을 머리까지 끌어당겼다. 그러고는 아내를 끌어안고 자면 조금 나을까 싶어서 아내 쪽으로 돌아누웠다.

"……!"

순간 진규는 흠칫 놀라고 말았다.

자는 줄로만 아내가 이불속에서 자신을 똑바로 쳐다보고 있는 게 아닌가.

"깜짝이야. 안자고 있었어?"

매일 늦게 들어와 단단히 토라진 것인지 아내는 아무 말도 하지 않고 그저 진규를 조용히 바라보고만 있었다.

"사람 미안해지게……."

그때였다.

머리맡에 놓아둔 휴대폰이 진동하며 부재중 전화를 알렸다. 진규는 누군가 싶어서 투덜거리며 액정을 확인했다.

부재중 전화는 두 통이었고, 문자 메시지도 한 개가 있었다.

발신자는 전부 아내였다.

"아, 아까 전화를 했었구나. 내가 안 받아서 삐친 거였어? 하여간 애들처럼……."

진규는 피식 웃으면서 문자메시지를 확인했다.

"뭐, 뭐야!"

갑자기 진규는 소리를 지르며 침대에서 튀어나왔다. 허둥대는 바람에 그만 엉덩방아를 찧고 말았다.

"으으으으……."

진규는 완전히 겁에 질려서 신음하며 문으로 엉금엉금 기어갔다. 아내가 보낸 문자 메시지엔 이렇게 적혀있었다.

'여보, 엄마가 갑자기 쓰러졌대. 나 먼저 애들 데리고 대전

에 가 있을 테니까 문자 보면 당신도 내려와요.'

아내가 전화를 건 이유는…….

진규는 부들부들 떨며 뒤를 돌아보았다.

아내가, 아니 아내인 줄 알았던 여자가 천천히 이불을 걷고 몸을 일으키고 있었다. 그걸 지켜보며 두려움에 떨고 있는 진규의 귓가에 신입사원의 말이 다시 맴돌았다.

"귀신들이요. 이야기를 자꾸 하면 자기들을 좋아하는 줄 알고 그 사람한테 붙기도 해요."

후배의 병문안

불행 중 다행이란 말이 있다. 그런데 석환은 자기가 처한 상황을 불행 중 다행을 넘어서 불행 중 행운이라고 생각했다.

지난 주말에, 석환은 오랫동안 마음에 두고 있었던 학교 후배와 서울 근교로 드라이브를 나갔다. 거절당할 거라고 여겼는데 후배가 흔쾌히 승낙해서 그야말로 날아갈 것만 같았다. 그런데 기분이 너무 들뜬 게 화근이었다.

그만 과속을 하고 말았다. 거기에는 친형에게 사정사정해서 빌린 외제 스포츠카를 마치 자기 차인 양 자랑하고픈 마음도 있었다. 운전에 서툰 주제에 쓸데없는 허세를 부린 것이다. 후배도 싫어하지 않고 오히려 좋아해서 더욱 기분을 냈다. 아마도 국내에선 보기 드문 오픈카였기 때문에 영화 속의 한 장면을 흉내 내고 싶었던 모양이다. 후배는 조수석에서 벌떡 일어나 두 팔을 벌리고 환호성을 질렀다.

석환은 음악을 크게 틀고 맘껏 속도를 올렸다.

구불거리는 커브 코스가 연이어 나타났지만 오가는 차량이 별로 없었던 탓에 조금도 속도를 줄이지 않았다.

겁도 없이 중앙선을 몇 번이나 넘나들었다.

하지만 국내엔 아우토반이 없다.

방심하고 있던 석환의 시야에 커다란 트럭이 나타났다.

트럭이 요란하게 경적을 울려댔다.

후배가 비명을 질렀다.

석환도 소리를 지르며 핸들을 크게 꺾었다.

두 사람은 태운 스포츠카는 가드레일을 들이받고 몇 미터 낭떠러지로 추락하고 말았다. 석환이 의식을 되찾을 때는 이미 병원으로 옮겨진 후였다. 다행히 안전벨트를 매고 있어서 심각한 중상은 입지 않았다. 갈빗대가 몇 개 부러지고 다리에 골절상을 입었다. 그리고 앞 유리창 파편이 부서지면서 눈에 들어갔는데 다행히 경미한 수준에 그쳤다. 그래도 경과 상태를 지켜봐야 한다며 당분간 강한 빛에 노출되지 않도록 붕대로 눈을 가려야 한다고 했다. 답답하긴 했지만 실명은 아니라고 하니 무척 다행이라고 여겼다. 석환이 병원에 입원해 있는 동안 많은 사람들이 다녀갔다.

그런데 그들 중 아무도 후배의 소식을 전해주는 사람이 없었다. 석환은 후배에게 안 좋은 일이라도 생겼을까봐 노심초사했다.

며칠 후였다.

점심을 먹고 나른한 오후햇살을 느끼며 병실에 홀로 앉아 있는데 인기척이 들렸다. 누군가가 병문안을 온 것이다.

"누구?"

석환이 묻자 귀에 익은 웃음소리가 들렸다.

그 후배였다.

후배는 석환에게 다가와 낮게 콧노래를 불렀다.

분명히 후배의 목소리였다.

석환은 걱정했던 후배가 직접 찾아와줘서 마음도 놓이고 한편으로 기쁘기까지 했다. 함께 사고를 겪으면서 이전보다 훨씬 더 각별해진 느낌이었기 때문이다.

그날 이후로 후배는 매일 병실을 찾아왔다.

그리고 퇴원을 앞두고 석환은 담당의사에게서 붕대를 풀어도 좋다는 말을 들었다. 이제야 후배의 얼굴을 볼 수 있다는 생각에 석환은 뛸 듯이 기뻤다. 붕대는 풀었지만 다리의 골절상은 완치되지 않았기 때문에 석환은 목발을 짚고 후배를 만나러 갔다.

그런데 이상했다.

후배의 이름을 대고 병실을 물었지만 그런 환자는 없다는 대답을 들었다. 아예 입원하지도 않았다는 것이다. 병원에 실려 온 건, 석환 혼자뿐이었다고 했다. 석환은 그럴 리 없다며 다그쳤지만 돌아오는 대답은 한결같았다.

병실로 돌아온 석환은 간호사에게 휴대전화를 빌려 친구에게 전화를 걸었다. 친구에게 후배의 안부를 물었다.

그러자 친구가 혀를 차며 이렇게 말했다.

"너, 몰랐냐? 걔, 그때 현장에서 즉사했어. 넌 안전벨트라도 맸다며. 안 그래도 그 일로 말이 많아. 야, 듣고 있냐?"

석환은 망연자실해서 그대로 주저앉았다.

그럼 매일 병실로 찾아온 건, 후배가 아니라면 대체 누구였다는 건가.

바로 그때였다.

귓가에 나지막하게 콧노래가 들린 것은…….

하지만 병실에 다른 사람은 없었다.

그저 노랫소리만…….

결혼식(結魂式)

영지는 콧노래가 저절로 나왔다. 드디어 그토록 바라던 프러포즈를 받았기 때문이다. 더욱이 상대는 잘 나가는 벤처 사업가였다. 외모도 훌륭하고 매너도 좋고, 거기에 돈까지 많은 그야말로 완벽한 결혼 상대였다. 그동안 여러 남자들을 만나봤지만 이번처럼 훌륭한 조건을 갖춘 남자는 없었다. 이제 그 지긋지긋한 안내데스크에서 맘에도 없는 미소를 지으며 사람들을 상대할 날도 얼마 남지 않았다.

영지는 집에 돌아오자마자 룸메이트인 경희에게 프러포즈를 받았다고 자랑하며 남자에게서 받은 보석반지도 보여주었다.

"되게 비싸 보인다. 좋겠네."

경희도 영지와 마찬가지로 안내데스크에서 일했다. 시샘 가득한 눈길로 반지를 바라보던 경희는 불쑥 생각났다는 듯이 중얼거렸다.

"지난번에 그 남자한테도 반지를 받지 않았었나? 그때는 금반지였지, 아마?"

"그 남자? 누구를 말하는 거지."

영지는 잘 기억나지 않는다는 투로 말했다.

"뭐야, 벌써 잊은 거야. 대단하다, 오영지. 얼마나 오래된 일이라고, 그게. 왜 있잖아. 그 은행에 다닌다던 남자."

"아아, 그 사람."

"이제 기억나니? 몇 달이나 지났다고 아주 옛날 일인 거처럼 굴어."

"그만큼 별로였으니까. 생긴 것도 그렇고."

"언제는 돈을 잘 써서 좋다며."

"그럼 뭐해. 얼굴도 별로고 촌스럽고. 진짜 아니었어, 그 남자는."

"그래서 그렇게 매몰차게 찼니."

경희가 나무라듯이 말했다.

"내가 뭘?"

영지는 무슨 말인지 모르겠다는 듯 되물었다.

"야야, 기억 안 나니. 그 남자, 우리 회사까지 찾아왔잖아. 그것도 점심시간에. 너한테 매달려서 울고불고, 막 무릎도

꿇고 그 쇼를 했는데······."

경희가 고개를 가로저었다.

"그 이야기는 왜 꺼내. 생각하고 싶지도 않은데. 나 정말 그때 끔찍했어. 스토커도 그런 스토커가 없었다고."

영지는 몸서리친다는 듯 어깨를 안으며 부르르 떨었다. 친구의 행복을 시샘하는 것인지, 경희는 집요하게 물고 늘어졌다.

"언제는 요즘 사람 같지 않게 순수해서 좋다며. 고향도 남해 무슨 섬이라고 했나. 때 묻지 않고 섬 소년 같아서 맘에 든다더니. 그새 말이 바뀌네."

"아, 몰라. 그 남자 이야기는 그만해. 기분 나쁘게 왜 그 인간 이야기를 꺼내. 너, 지금 혹시 샘이 나서 그러는 거니?"

"뭐? 어떻게 그런 소리를······."

경희는 어이없다는 듯 입을 벌리며 말을 잇지 못했다.

"그렇잖아. 갑자기 옛날 일은 왜 들추고 그러는데."

"그게 어떻게 옛날 일이야. 겨우 몇 달 전인데. 그리고 그 남자가 불쌍해서 그런 거다. 너처럼 속물한테 꽂혀서······."

"속물? 말 다 했니, 지금. 뭐야, 지금 보니 너 그 촌놈한테 맘 있었어? 그럼 진작 말하지. 어때, 지금이라도 내가 발을 놔줄까?"

"됐거든. 내가 무슨 재활용 센터니. 남이 버린 남자를 만나게."

결국 두 사람은 감정싸움을 벌이다가 씩씩거리며 각자 자기 방으로 들어가서는 다음날 아침까지 나오지 않았다.

그리고 다음날 아침.

아침잠이 적은 편인 경희는 하품을 하며 방에서 나오다가 거실 소파에 앉아있는 영지를 발견하고 화들짝 놀라고 말았다. 머리도 산발이고 퀭한 눈으로 멍하니 앉아있어서 지난밤에 반지를 자랑하던 모습과는 완전히 달랐다.

"아, 깜짝이야. 뭐야, 사람 놀라게. 웬일이니, 아침잠도 많은 애가 벌써 일어나고. 너무 설레서 잠을 못 이뤘나."

경희는 지난밤의 앙금이 남았는지 슬쩍 약을 올렸다. 평소 같으면 곧바로 성질을 부리며 반박했을 텐데, 어찌된 일인지 영지는 멍한 얼굴로 가만히 앉아만 있었다. 미우나 고우나 룸메이트다. 경희는 여느 때랑 다른 모습의 영지가 마음에 걸렸는지 조용히 다가가 말투를 누그러뜨리고 걱정스럽게 물었다.

"왜 그래? 나쁜 꿈이라도 꿨어?"

"응? 꿈? 어, 꿈……."

역시 뭔가 이상했다. 마치 나사가 빠진 것처럼 눈에 초점도 없고 흐리멍덩했다. 말투도 잠이 덜 깬 것처럼 어눌했다.

"뭐야, 정말. 어디 아프니?"

"모르겠어. 그냥 나른하고 기운이 없네."

"감기라도 걸렸나?"

경희는 영지의 이마를 손으로 짚었다.

"이상하네. 열도 없는데……."

"경희야."

"왜?"

"미안한데 나 오늘 결근해야 될 것 같아. 나 대신에 말 좀 해줄래. 정말 기운도 없고 몸이 힘들어서 그래."

영지가 이런 약한 모습을 보이는 건 처음이었다.

경희는 알았다며 고개를 끄덕였다. 그러고는 가서 더 자라고 영지의 등을 떠밀었다.

영지는 흐느적거리며 자기 방으로 들어갔다.

"진짜 어디가 아프긴 아픈 모양이네."

경희는 영지의 방을 걱정스럽게 쳐다보다가 시계를 보고는 서둘러 출근준비를 했다. 그러고는 화장을 마치고 옷을 갈아입은 다음, 집을 나서기 전에 영지 방을 열어보았다. 영지는 죽은 듯이 자고 있었다.

"쉬어, 그럼. 다녀와서 보자."

영지는 꿈을 꿨다.

꿈에서 한 남자가 나왔다. 처음에는 그 남자가 누구인지 알아볼 수가 없었다. 몽롱한 기분에 사로잡혀 남자가 자신을 안아주길 바랐다. 그리고 남자도 영지의 바람을 읽고 그녀를 뜨겁게 안아주었다. 마치 서로 열렬히 사랑하는 연인처

럼. 그러다가 어느 순간, 영지는 남자의 얼굴을 보고 소스라
치게 놀라고 말았다.

바로 그 은행원이었다.

영지는 비명을 지르며 잠에서 깼다.

몸이 나른하고 기운이 없었다. 피곤하니까 다시 졸음이
쏟아졌다. 막연하게, 잠들면 안 될 것 같았지만 밀려드는 수
마를 당해낼 수가 없었다.

다시 쓰러진 영지는 또 꿈을 꾸었다.

이번에도 꿈에서 그 남자가 찾아왔다.

일을 마치고 귀가한 경희는 문을 열고 들어오다가 거실 소
파에 앉아있는 영지를 발견하고 또 화들짝 놀랐다.

"아, 깜짝이야."

영지가 고개를 들고 멍한 얼굴로 경희를 쳐다보았다.

"뭐야, 아프면 누워있지. 왜 그러고 있어."

"자면 안 돼. 자꾸 꿈을 꿔."

영지가 힘없이 중얼거렸다.

"자면 당연히 꿈을 꾸는 거지. 무슨 소리를 하는 거야."

경희가 황당하다는 듯이 되물었다.

"그게 아냐. 꿈을 꾼다고. 그 남자가 자꾸 꿈에 나타나."

"그 남자? 누구? 프러포즈한 그 백마 탄 왕자님? 그럼 좋
은 거 아냐?"

영지가 고개를 가로저었다.

"아냐. 그 남자 말이야."

"누굴 말하는 거야, 대체."

경희가 물었다.

"니가 어제 이야기했던 그 은행원. 그 사람이 자꾸 꿈에 나타나. 자꾸 내 꿈에 찾아와서 나한테……."

영지는 경희에게 꿈 이야기를 했다.

자꾸 잠이 쏟아지고 잠들면 똑같은 꿈을 꾼다고. 그리고 꿈에 그 은행원이 나오고 마치 뜨거운 연인처럼 사랑을 나눈다고. 나중에 그걸 깨닫고 화들짝 놀라서 깨도 다시 졸음이 쏟아지고 또 잠들면 같은 꿈을 꾼다고.

"뭐야, 갑자기 이제 와서 죄책감이라고 든 거야."

경희는 그다지 심각하게 여기지 않았다. 영지가 자기도 모르게 그 남자에게 미안한 마음을 갖고 있어서 그런 꿈을 꾼다고 생각했다.

하지만 그건 경희의 착각이었다.

영지의 악몽은 그날 이후로 계속 되풀이되었다.

매일매일, 하루도 빠짐없이 그 남자가 꿈에 나타났다. 그러면서 몸은 하루가 다르게 마르고 점점 지쳐갔다. 실생활에도 영향을 주어서 결국에는 일을 그만두어야 할 지경에 이르렀다. 몸이 아프니 밖에 나갈 엄두도 나지 않았다. 당연히 프러포즈를 했던 벤처사업가도 만날 수가 없었다. 처음에는 영지를 걱정해서 집에 찾아오더니, 점점 수척해지면서 미모를 잃어가는 영지에게 더는 매력을 못 느끼는지 발길이 뜸하다가 문자로 일방적인 이별을 통보했다. 결국 그 남자도 영지의 외모를 보고 접근했을 뿐이지 진심으로 사랑하진 않았던 것이다.

병원에 가서 검사를 받아 봤지만 단순한 영양실조이니 관리를 잘하라는 이야기만 들었다. 그사이에도 꿈은 계속 되풀이되었고 영지는 고목처럼 비쩍 말라갔다.

보다 못한 경희가 이모라며 어떤 아주머니를 데려왔다. 이모는 지방에서 점을 치고 굿을 하는 무당이었다.

"허이구, 몽달귀신이 지독히도 씌었네."

영지를 보자마자 이모가 내뱉은 말이었다.

"나는 못 끊어. 네년이 쌓은 업은 스스로 풀어야지."

이모는 고개를 절레절레 흔들며 손사래를 쳤다.

다음날, 경희는 그 은행원의 직장을 찾아갔다. 동료의 이야기로는 몇 달 전에 회사를 그만두고 고향으로 내려갔다고 했다.

경희는 간곡하게 부탁해서 그 남자의 고향집 주소와 연락처를 물었다. 그러고는 먼저 전화부터 걸어보았다. 나이든 여자가 전화를 받았다. 남자의 안부를 물으니 대답을 회피하며 계속 전화를 건 용건만 물었다.

경희는 잠시 망설이다가 영지에 대한 이야기를 꺼냈다. 그러자 여자는 대뜸 영지의 생일을 물었다. 조금 황당했지만 경희는 자신이 기억하는 영지의 생일을 이야기해주었다. 여자는 잠시 침묵하더니 아들에게 용건이 있으면 집으로 찾아오라고 하고는 전화를 일방적으로 끊었다.

경희는 며칠 고민을 하다가 아픈 영지를 남겨두고 혼자서 남자의 고향집으로 찾아갔다. 전화를 받은 사람은 그 은행원의 어머니였다.

경희는 그의 어머니에게서 놀라운 이야기를 들었다.

영지에게 일방적인 이별을 통보받은 남자는 실의에 빠져 회사를 그만두고 집으로 내려와 며칠간 식음을 전폐하다가 결국 새벽녘에 절벽에서 몸을 날려 스스로 목숨을 끊었다. 시신은 다음날 오전에 발견되었다. 그런데 장례를 치르던 중에 남자의 유품에서 궁합을 보려고 적어둔 영지의 사주가 나왔다. 장례가 끝나고, 몇 달쯤 지나서 남자의 어머니는 아들을 위한다는 이기심에 용하다는 무당을 불러 아들과 영지의 영혼결혼식을 올렸다. 공교롭게도 그날은 영지가 벤처 사업가에게 프러포즈를 받은 날이었다.

경악하는 경희에게 남자의 어머니는 퀭한 눈으로 이렇게 말했다.

"이제 그년은 우리 아들 거여. 우리 아들 거……."

한 사람이 더 있다

유난히 무더웠던 어느 해의 여름에 겪었던 일이다.

중학교 시절부터 어울려 다녔던 우리 넷은 대학을 졸업하고 사회생활을 시작한 후에도 서로 연락하고 지냈다.

그러다가 한번은 술자리에서 중학교 때 함께 캠핑을 갔던 기억을 회상하며 다시 한 번 그 기분을 느껴보고 싶다는 이야기가 나왔다. 한두 명의 의견이 아니라 다들 같은 생각을 했다. 그래서 고민하지도 않고 우리는 바로 결정을 내렸다. 돌아오는 여름에 휴가 일정을 서로 맞추어서 함께 캠핑을 가기로.

야영지는 고등학교 때까지 보이스카우트를 했던 상우가 정했고 일정은 8월 중순으로 맞추는 것으로 합의했다.

다행히 다들 원하는 날짜에 휴가를 얻었고, 우리는 예정했던 일정에 맞춰 캠핑을 떠날 수 있었다. 차는 렌터카 업체에서 9인승 승합차를 빌려 우리 중, 운전을 가장 잘하는 영식이가 도맡았다.

십 수 년 만에 야영을 떠난 우리는 다시 그 시절의 중학생으로 돌아갔다.

야영지에서 텐트를 치고 직접 밥을 지어먹고 낚시도 하면서 즐거운 시간을 보냈다. 그리고 늦게까지 술을 마시다가 잠이 들었다.

그런데 첫날부터 복병을 만나고 말았다.

산모기.

그 까맣고 조그만 놈들이 탐욕스럽게 우리들의 피를 빨아대는 통에 잠을 설치다가 결국 새벽녘에 텐트를 탈출해야 했다. 모기향으로는 놈들을 몰아낼 수가 없었다. 잠이야 낮에 자면 되니까 우리는 이왕 깬 김에 주변을 둘러보기로 했다.

우리는 손전등을 들고 인근 산을 오르다가 버려진 산장을 발견했다.

겉에서 보기에도 당장 쓰러질 것만 같았는데 왠지 한번 들어가 보고 싶은 충동을 느꼈다. 그건 다른 친구들도 마찬가지였다.

하지만 겁이 많은 편인 영식이만 유일하게 찜찜하니 그냥 돌아가자고 했다.

내가 정히 무서우면 밖에서 기다리라고 하자, 그것도 별로 내키지 않았는지 영식은 울며 겨자 먹기로 우리를 따라나섰다.

그런데 공교롭게도 산장으로 들어가자마자 갑자기 폭우가 쏟아졌다. 텐트가 걱정되었지만 빗줄기가 너무 굵어서 그대로는 도저히 산을 내려가기가 어려웠다. 하릴없이 빗줄기가 약해질 때까지 산장에서 기다리기로 했다. 기다리는 동안 무료해서 산장 안을 뒤적이다가 양초 몇 개와 성냥을 찾았다.

나는 친구들에게 그냥 있기도 심심하니 비가 그칠 때까지 기다리는 동안 각자 알고 있는 무서운 이야기나 하자고 제안했다. 이번에도 영식이만 반대표를 던졌다. 물론 그 의견은 묵살되고 말았다.

"그냥 하면 재미없으니까 각자 앞에 촛불을 켜놓고 돌아가면서 이야기를 하는 거야. 그리고 이야기를 마칠 때 촛불을 하나씩 끄는 거야. 어때?"

내 제안에 다들 흔쾌히 동의했다.

이번에도 영식이는 대답을 주저했다.

그래서 당연히 기각.

순번은 손전등을 바닥에 놓고 돌려 불빛이 비추는 사람부터 하기로 했다. 그 결과, 첫 주자는 상우의 몫이 되었다.

운전병 출신인 상우는 군대시절에 겪었던 이야기를 들려

주었다. 시작은 좋았지만 마무리가 싱거웠다.

다음은 내 차례였다.

내 이야기는 상우의 이야기보다는 반응이 좋았다.

이야기를 하는 내내, 겁 많은 영식이가 낮게 신음을 내뱉었다.

나는 이야기를 마치고 촛불을 끌 때, 슬쩍 장난기가 돌아서 일부러 세게 불어 다른 친구들의 촛불까지 꺼버렸다.

"야, 인마!"

마주 앉은 영식이가 깜짝 놀라서 버럭 소리를 질렀다.

나는 미안하다고 하고 촛불에 불을 붙였다.

"자식, 성질내기는……."

친구들 양초에도 불을 붙이다가 뭔가 이상한 느낌을 받았다. 다른 친구들도 뭔가를 깨달았는지 자신을 제외하고 사람 수를 세었다.

하나,

둘,

셋,

그리고 넷?

(나를 빼고)

한 사람이 더 있었다.

바로 그때였다.

초대받지 않은 불청객이 히죽 웃으면서 말했다.

"다음은 누구차례야?"

순간 바람이 휙 불며 촛불이 꺼져버렸다.

너무 놀라 손전등을 비췄지만 우리 셋 말고는 아무도 없었다.

갑자기 무서워진 우리는 폭우에도 아랑곳하지 않고 미친 듯이 산을 내려왔다. 그러고는 3박4일이었던 일정을 앞당겨 다음날 아침에 바로 짐을 싸서 서울로 돌아왔다. 지금도 가끔 친구들을 만나면 그 일을 이야기하곤 하는데 그때마다 등골이 오싹해지는 기분에 사로잡힌다.

그런데 우리가 봤던 그 사람은 정말로 누구였을까?

미술숙제

예고에 다니는 미희는 워낙 그림을 잘 그려서 본인도 그렇고 주변에서도 어렵지 않게 미대에 진학할 거라고 낙관했다.

그런데 막상 3학년으로 진급하고 나서는 무슨 까닭에선지 좀처럼 제대로 스케치를 할 수가 없어서 중요한 실기 시험마저 포기하는 일까지 생겼다.

담당 교사는 예전부터 미희를 지켜봐왔기 때문에 대학 진학을 한 해 앞두고 스트레스로 인한 일시적인 슬럼프일 거라며 위로해 주었지만 당사자인 미희는 마음이 영 편치 않았다. 그냥 까닭 없이, 간단한 스케치조차 제대로 할 수가 없었기 때문이다. 이러다가는 대학 진학은커녕 영영 그림을 못 그리게 될지도 모른다는 두려움이 미희를 괴롭혔다.

그래서 미희를 돕기 위해 지도 교사는 간단한 미술숙제를 내주었다. 사실 숙제라기보다는, 기분 전환을 하는 차원에서 하루에 한 장씩 간단한 크로키를 하면서 예전의 느낌을 되찾아보라는 제안이었다.

미희는 나쁘지 않은 방법이라고 생각하고 지도 교사의 제안을 따르기로 했다. 그리고 그날부터 마음이 가는 대로 하루에 한 장씩 숙제를 제출했다. 그렇게 한 달 가까이 지나자 정말로 예전의 감각이 돌아오는 것 같았다. 마음이 훨씬 가벼워진 미희는 크로키를 중단하고 데생을 하고 싶다고 지도 교사에게 말했다.

"그래? 그러면 가볍게 조각상을 스케치해보는 건 어떠니?"

"조각상이요? 그게 좋겠네요."

한 달 전보다 훨씬 밝아진 미희는 지도 교사의 제안에 순순히 따랐다. 그리고 그날부터 미술실로 가서 맘에 드는 조각상을 정해 데생을 시작했다. 그 조각상은 미희 또래로 보이는 소녀의 두상이었다.

며칠 후.

스케치를 완성한 미희는 지도 교사를 찾아가 숙제를 제출했다. 그런데 지도 교사는 미희가 제출한 스케치를 보자마자 갑자기 딱딱한 굳은 표정을 지었다.

"미희야, 너, 대체 뭘 보고 그린 거니? 내가 분명히 조각상을 보고 스케치하라고 했잖니. 그런데 이건……."

지도 교사가 말끝을 흐렸다.

미희는 억울하다는 표정을 지으며 대꾸했다.

"맞아요. 조각상을 보고 스케치한 거예요. 왜 그러세요, 선생님."

그러자 지도 교사는 안색을 확 바꾸더니 화난 어조로 말했다.

"너, 정말 계속 이럴래? 조각상을 보고 그렸다고? 거짓말하지 마. 너 지금 나를 놀리려고 이러는 거지!"

"아니에요. 정말로 조각상을 보고 그렸다고요. 미술실에 가보시면 알 거 아녜요. 전 거기 조각상들 중에서 이게 가장 맘에 들어서 그렸을 뿐이에요."

그때 두 사람의 말다툼을 지켜보던 주임 교사가 낮게 헛기침을 하며 끼어들었다.

"무슨 일입니까, 김 선생."

지도 교사는 아무 말도 하지 않고 굳은 얼굴로 미희의 숙제를 보여주었다. 그러자 주임 교사도 깜짝 놀란 얼굴로 미희를 쳐다보았다.

"너, 이걸 어떻게 그린 거니?"

"선생님까지 왜 그러세요. 몇 번을 말씀드려요. 미술실에 있는 조각상을 보고……."

주임 교사가 미희의 말을 끊으며 이렇게 이야기했다.

"네가 그린 이 아이, 몇 년 전에 자살한 우리 학교 학생이야! 그런데 어떻게 그 아이의 조각상이 있을 수가 있어!"

"네? 하지만 저는 분명히……."

깜짝 놀란 미희는 곧바로 미술실로 달려가서 조각상을 찾아보았다. 하지만 아무리 찾아봐도 소녀의 두상은 감쪽같이 사라져버렸다.

"말도 안 돼. 난 분명히……."

미희는 다리가 탁 풀려 그대로 주저앉았다.

그때 뒤에서 인기척이 들렸다.

지도 교사가 뒤따라온 줄로만 안 미희는 자초지종을 해명하려고 천천히 뒤를 돌아보았다. 하지만 그곳에 서 있는 건, 미희가 그린 그림 속 소녀였다.

배시시 미소를 띠면서…….

옥상 위의 악역

재혁은 저녁으로 라면을 끓여먹고 담배를 피우기 위해 방에서 나갔다. 담배 냄새가 방에 배는 것도 싫었지만, 무엇보다 가끔 찾아오는 여자 친구의 잔소리가 듣기 싫었다. 그런 이유가 아니어도 밖에서 담배를 피우는 게 훨씬 좋았다.

5층짜리 건물의 옥탑에서 담배를 피우며 야경을 보는 즐거움이 꽤 컸다.

재혁은 귀갓길에 들른 편의점에서 새로 산 담배를 들고 난간에 기댔다. 비닐을 뜯고는 담배 한 개비를 빼물고 불을 당겨 화려한 네온사인들이 빛나고 있는 거리를 내려다보았다.

사람들이 오가는 모습이 보였다.

비록 월세에 살고 있는 처지였지만 지금 이 순간만큼은

세상을 다 가진 기분이었다.

재혁은 우쭐해진 기분을 만끽하며 물고 있던 담배를 바닥에 비벼 껐다. 그러고는 담배를 챙겨 방으로 들어가려는데, 앞 건물 옥상 난간에 누군가가 올라서고 있는 게 보였다.

자그마한 사내아이였다.

무시하고 지나가기엔 너무 어렸다.

"꼬마야, 거기서 뭐 해! 위험하니까 얼른 내려 가!"

재혁이 외쳤지만 아이는 배시시 웃기만 할뿐 내려갈 생각을 하지 않았다. 저러다가 큰일이 나지 싶어서 재혁은 황급히 아래로 내려갔다. 그러고는 헐레벌떡 앞 건물로 뛰어가서 경비를 찾았다.

"아저씨, 옥상에 지금 꼬마가 있어요. 어떻게 올라갔는지는 몰라도 지금 위태위태한 게 사고라도 날 것 같아요!"

재혁이 다급하게 말했다.

그런데 경비는 무슨 뚱딴지같은 소리냐는 듯 허리를 벅벅 긁으며 재혁을 심드렁하게 쳐다보았다.

"아저씨, 빨리 올라가봐야 한다니까요."

"무슨 소리야, 그게. 옥상 출입문이 잠겨 있는데 거길 누가 올라가. 뭐야, 혹시 술 먹고 헛것을 본 거 아냐?"

"저, 술 안 마셨거든요? 내가 똑똑히 봤단 말이에요. 아, 이럴 시간 없어요. 애가 난간에 서 있다고요. 빨리 올라가봐야 한다고요!"

재혁은 말로는 안 되겠다 싶어 억지로 경비를 끌고 옥상으로 올라갔다. 경비는 툴툴거리며 마지못해 끌려갔다.

"이거 봐. 자물쇠 보이지?"

경비의 말처럼 출입문엔 큼직한 자물쇠가 걸려있었다.

"누가 애를 옥상에 놓고 문을 잠갔을지도 모르잖아요."

"열쇠는 나만 갖고 있는데 누가 애를 데려다 놔. 말도 안 되는 소리도 하지 마."

재혁이 고집을 꺾지 않자, 경비도 더는 못 참겠다는 듯 역정을 냈다.

"그럼 경찰이라도 부를까요?"

"뭐, 경찰?"

경찰이라는 말에 경비는 목을 움츠리더니 열쇠꾸러미를 꺼내 열쇠를 찾았다. 그러고는 자물쇠를 열고 안으로 들어갔다.

하지만 옥상에는 재혁이 본 아이가 없었다.

"봐, 없잖아! 있기는 누가 있어. 왜, 헛소리를 하는 거야!"

"이상하다. 분명히 봤는데……."

"아니, 이 사람이 아직도 그 소리를 해. 계속 이러면 내가 경찰을 부를 거야!"

경비의 엄포에 재혁은 사과를 하고 자취방으로 돌아왔다. 뭔가에 홀린 기분이었다.

"거참, 이상하네."

재혁은 중얼거리며 담배를 꺼냈다. 그리고 담배를 빼물고 불을 댕기려는데 문득 인기척이 느껴졌다. 왠지 모르게 섬뜩해서 고개를 홱 돌렸더니 아까 봤던 그 아이가 이번에는 이쪽 난간에 서 있었다.

"야, 조심해!"

재혁은 본능적으로 아이에게 뛰어가 손을 뻗었다.

하지만 아이는 다람쥐처럼 재빠르게 옆으로 몸을 비켰다. 순간 아이를 놓친 재혁은 허공에 헛손질을 하며 중심을 잃었다.

"어어!"

난간을 타넘고 앞으로 고꾸라지려는 찰나, 가까스로 다리에 힘을 주고 버텼다.

아찔했다.

조금만 늦었어도 하마터면 5층 높이에서 추락할 뻔했다. 그랬다면 재혁의 머리는 수박처럼 으깨졌을 것이다.

가까스로 위기를 넘긴 재혁은 갑자기 화가 치밀어 아이를 찾았다. 하지만 아이는 거짓말처럼 사라지고 없었다.

"이 자식, 뭐야."

분을 삭이며 두리번거리던 재혁은 불현듯 이곳으로 이사 올 때 부동산 사무소에서 들었던 이야기가 떠올랐다. 전에 살던 남자도 재혁의 또래였는데 혼자서 술을 먹다가 그만 난간에서 중심을 잃고 떨어져 죽었다고 했다. 그 이야기를 들었을 때만 해도 속사정은 모르지만 아마 연애에 실패했거나 취업을 하지 못해 술기운을 빌려 비관자살을 한 못난이라고 생각했다. 그런데 어쩌면 다른 이유가 있을지도 모른다는 생각이 들었다.

'혹시 그 남자도…….'

생각이 거기에 미치자 재혁은 갑자기 오싹해졌다.

그날 이후로도 종종 그 사내아이가 나타나곤 했는데 그때마다 재혁은 일부러 보이지 않는 것처럼 무시했다.

그렇게 몇 달을 보내니까 어느 순간부터 사내아이가 나타나지 않았다고 한다.

귀갓길 동행

해병대 출신인 우섭은 스스로 담대한 사람이라고 자부했다. 어지간한 일에는 놀라지도 않고 딱히 무서운 게 없다고 생각했다. 특히 귀신같은 건 그냥 헛소리고 미신이라고 치부했다. 종종 술자리에서 귀신을 봤다고 목격담을 늘어놓는 사람이 있으면 내색하진 않았지만 속으로는 기가 약해 허깨비를 본 걸 가지고 호들갑을 떤다고 비웃었다.

그러던 어느 날이었다.

영업사원이라는 일상이라는 게 그렇듯 그날도 늦게까지 거래처 사람들과 술을 마시다가 자정이 훌쩍 넘어서야 귀갓길에 올랐다.

평소 하던 대로 거래처 사람들부터 먼저 택시를 잡아주고 마지막으로 택시에 올랐는데 차비를 미리 준비하려고 지갑을 열어보니 가지고 있는 현찰로는 집까지 가기엔 부족해보였다. 잠시 고민하다가 수중에 있는 돈에 맞게 적당한 곳에서 택시를 세웠다. 집 앞까지 타고 가서 아내에게 차비를 가져오라고 할 수도 있었지만 매일 늦게까지 술 먹고 들어가는 것도 모자라서 그런 수고까지 하게 만들고 싶진 않았다.

가진 돈으로 요금을 내고 택시에서 내린 우섭은 얼마나 걸어야 하나 가늠하려고 주변을 둘러보았다.

'쩝, 애매하네.'

우섭은 입맛을 다셨다. 뛰어가면 몰라도 아무리 빨리 걷는다고 해도 이십 분은 족히 걸릴 것 같았다. 게다가 술까지 마셨으니 적어도 사오십 분은 걸어야할 듯싶었다. 뭐 어쩌겠냐며, 우섭은 쓰게 웃고는 대로를 따라 털레털레 걸음을 옮겼다. 그러다가 주택가로 접어드는 길목에 이르러서는 술기운도 조금 가셔서 속도를 냈다.

늘 지나다니는 길이 보이자 발걸음이 한결 가벼워졌다. 이제 조금만 더 걸으면 집도 보이리라.

과음을 한 탓일까. 갑자기 요의를 느낀 우섭은 한번 주변을 두리번거리고는 가로등이 달려있지 않은 전신주를 찾았다. 소변양이 많아서 한참을 눈 뒤, 지퍼를 올리고 다시 본 사람이 없나 주위를 둘러보았다.

'아차차.'

애석하게도 누군가가 있었다. 그나마 다행히 여자는 아니었다. 스무 걸음 정도 떨어진 뒤에서 누군가가 걸어오고 있었는데 어두워서 제대로 알아볼 수는 없었지만 체구나 실루엣만 봐서는 남자가 틀림없었다.

괜히 겸연쩍어진 우섭은 뒤쪽의 사내에게 손을 흔들어보이고는 다시 걸음을 옮겼다.

꼴사나운 장면을 들켰기 때문일까. 우섭은 사내를 의식하기 시작했다. 그래서 흘끔흘끔 뒤를 돌아보았다. 밤이라 어두워서 여전히 사내의 얼굴은 알아볼 수 없었다. 하지만 그걸 차치하더라도 사내가 너무 낯설었다. 이곳의 토박이인 우섭은 동네 주민이라면 대부분 알고 있었다. 그래서 체구만 보고 누구일까 추측해보았지만 딱히 떠오르는 사람이 없었다. 설령 외지인이라고 해도 이상한 일이 아니었지만 왠지 자꾸 신경이 쓰였다.

그러다가 우섭은 문득 깨달았다.

가로등!

사내가 밑을 지나갈 때마다 가로등이 계속 꺼지고 있었다. 물론 우연의 일치일 수도 있지만 그러기엔 너무 공교로웠다.

그때부터였다.

뭔가 표현하기 힘든 이질적인 감각이 스멀스멀 등골을 타고 올라왔다.

그것은 두려움이었다.

우섭은 뒤에서 걸어오고 있는 사내를 두려워하고 있었다. 그래서 무의식중에 잰걸음으로 걷기 시작했다.

달아나고 있었다.

허겁지겁, 자기도 모르는 사이에 뛰고 있었다.

손에서는 축축하게 땀이 배어나왔다.

무슨 까닭에선지 사내도 속도를 내기 시작했다.

그러자 우섭은 체통도 잊고 힘껏 뛰었다. 소리를 지르고 싶었지만 뭔가에 막힌 것처럼 목소리가 나오지 않았다. 평소 자부하던 해병대 정신은 온데간데없었다.

겨우 집에 다다른 우섭은 주머니에서 열쇠를 찾았다.

긴장해선지 도무지 열쇠가 손에 잡히지 않았다.

그사이에 사내는 성큼성큼 다가오고 있었다.

다급해진 우섭은 초인종을 누르고 손바닥으로 대문을 두드렸다. 하지만 깊이 잠들었는지 그 소란에도 아내는 얼굴을 내밀지 않았다.

사내는 이미 지척에 와 있었다.

"으으으……"

우섭은 마치 가위에 눌린 것처럼 움쩍도 할 수 없었다.

사내가 우섭의 면전으로 다가왔다.

우섭은 딸꾹질을 했다. 그리고 사내를 보았다.

하지만 우섭이 본 것은…….

"뭐야, 시끄럽게!"

그때 대문이 열리고 아내가 나왔다.

우섭은 아내의 목소리를 듣자마자 다리가 풀려 그대로 주저앉았다.

"여보, 여보? 왜 그래, 여보."

아내는 사내를 보지 못한 모양이었다.

아니 이미 사라지고 없었다.

우섭은 아내의 부축을 받으며 방으로 들어갈 때까지 아무 말도 할 수 없었다. 그리고 끝끝내 자기가 본 '것'에 대해 함구했다.

아내에게도, 그 누구에게도.

마치 그걸 말하는 순간, 어떤 끔찍한 일이 일어날 것 같아서…….

기숙사 괴담

연경은 기숙사에 방이 남았다는 이야기를 들었을 때만 하도 뛸 듯이 기뻤다. 학기가 시작하기 전에 방을 구하지 못할까봐 계속 가슴앓이를 했었다. 학교 근처 하숙집이나 오피스텔은 너무 비싸서 사실 엄두가 나지 않았기 때문이다. 집에서 도움을 받더라도 매일같이 아르바이트를 하지 않으면 생활비는커녕 방값도 제대로 내기 힘들 정도였다. 다행히 기숙사에 방이 나왔다고 하니 한시름 덜었다고 생각했다. 하지만 막상 자기가 배정 받은 방이 그 방의 바로 '옆방'이라는 이야기를 듣고 다시 고민에 빠졌다.

그 방에 얽힌 소문은 귀에 인이 박히도록 들었다. 몇 해 전에 그 방을 쓰던 학생이 유서 하나 남기지 않고 자살을 했다. 그런데 이후로 그 방을 쓰는 사람은 어김없이 그 자살한 학생의 귀신을 본다는 것이다. 처음에는 누군가가 만들어낸 헛소문이려니 했던 학생들도 목격자가 하나둘씩 늘어나자 그 방을 기피하기 시작했고, 현재는 그냥 방치되고 있다고 한다. 하지만 문제는 거기서 끝이 아니었다. 이제는 그 방과 가장 가까이에 있는 옆방이 문제가 되고 있었다.

한밤중에 옆방에서 누군가가 흐느끼는 소리를 들었다는 이야기도 있었고, 자고 있는데 옆방에서 누군가가 나와 문을 두드렸다는 이야기도 있었다. 소문은 꼬리에 꼬리를 물고 퍼졌고, 결국에는 그 옆방마저 기피하는 현상이 일어났다. 하지만 학교 측에선 방을 두 개나 놀릴 순 없는 까닭에 문제의 방은 차치하더라도 옆방은 지원자가 나오면 언제든 내주겠다는 입장이었다. 간혹 사정이 급하거나 담대한 도전자가 나오긴 했지만 거의 예외 없이 한 달을 못 버티고 짐을 싸서 나간다는 것이다.

"어떡하지? 그 방 써도 괜찮을까?"

연경은 친구들에게 고민을 털어놓았다.

"좀 무섭지 않니? 거기 옆방, 그 방이잖아. 옛날에 어떤 선배가 자살했다는……."

"야야, 그거 다 뜬소문이래. 그냥 누군가가 장난으로 만들어낸 거랬어."

"아니야, 그건. 정말로 거기서 사람이 죽었댔어. 그리고 그 방에서 귀신을 봤다는 사람들도 있었고."

"귀신은 무슨. 요즘 세상에 귀신이 어디 있어. 그거 다 미신이고 헛소리라니까. 연경아, 고민할 것도 없어. 나 같으면 그냥 그 방을 쓴다."

"그럼 네가 쓰지 그러니?"

연경은 친구들이 다투는 걸 보며 조용히 고개를 가로저었다. 그리고 고민해보았다. 곧 있으면 신학기가 시작하고 그러면 어떻게든 거처를 정해야 한다. 지금 살고 있는 오피스텔은 집주인이 월세를 올리겠다고 으름장을 놓고 있어서 형편상 방을 뺄 수밖에 없다. 남의 사정을 들어줄 사람이 아니라는 건 이미 지난 두 해 동안 겪어봐서 잘 알고 있다. 이번에도 갑작스럽게 월세를 올리겠다며 거의 일방적인 통보를 하지 않았던가.

"얘들아, 나 그냥 그 방에 들어갈래."

연경이 선언하듯 말하자 친구들은 말다툼을 멈추고 일제히 고개를 돌렸다. 미신을 운운하던 친구마저 놀랐다는 표정을 지었다.

"뭐, 별일 있겠어?"

연경은 친구들을 안심시켜주려는 듯 웃으면서 말했다.

그렇게 해서 입주를 결정한 연경은 며칠 후 불필요한 가재도구를 정리하고 문제의 방으로 짐을 옮겼다. 방도 깨끗하고 무엇보다 다른 신청자가 없어 2인실을 혼자 쓴다는 게 무척 마음에 들었다.

우려했던 것과는 달리 첫날밤은 평온하게 잠들었다. 소문처럼 이상한 소리도 들리지 않았고 누군가가 노크를 하지도 않았다.

아침 일찍 개운하게 일어난 연경은 뭐든 겪어봐야 알 수 있는 일이라며 자신의 선택에 만족감을 느꼈다. 그러고는 좋은 느낌을 유지하고 싶어 가볍게 조깅이라도 할 생각에 운동복으로 갈아입고 방을 나왔다.

그런데…….

복도로 나온 연경은 무심코 소문의 '방'을 쳐다보곤 자기도 모르게 멈칫했다. 방문이 아주 살짝 열려있었기 때문이다. 오랫동안 사용하지 않았던 방이라 분명히 잠겨있어야 할 텐데, 뭔가 이상하단 생각이 들었다.

연경은 조심스럽게 그 방으로 다가갔다. 잠시 심호흡을 하고 나서 슬며시 발로 밀어 문을 닫았다.

"후우…….'

그때서야 마음이 놓이는지 연경은 길게 숨을 내뱉었다.

얼마 후, 연경은 조깅을 마치고 돌아오는 길에 기숙사 사감과 마주쳤다. 처음에는 그냥 눈인사만 하고 지나려다가 옆방 문에 대해 떠올리고는 걸음을 멈추고 사감을 불렀다.

"저, 옆방 말이에요. 아침에 보니까 문이 열려있던데요?"

"그게 무슨 소리죠?"

사감은 황당하다는 듯이 되물었다.

"그러니까 문이……."

"괜히 이상한 소리 하지 말아요. 안 그래도 자꾸 말도 안 되는 소문이 돌아서 골칫거리인데……."

사감은 몇 해 전부터 문을 잠가놨다며 그럴 리 없다고 일축했다. 그러면서 쓸데없는 소문을 퍼뜨리지 말라고 경고까지 덧붙였다.

졸지에 이상한 사람으로 몰린 연경은 씩씩거리며 방으로 돌아갔다. 하지만 여전히 분이 안 풀리는지 다시 나와서 옆방 앞으로 갔다. 그러고는 문고리를 잡고 문을 열었다. 아니, 그러려고 했다.

"어어……."

연경은 당황해서 말이 나오지 않았다. 아무리 힘껏 쥐고 잡아당겨도 문이 열리지 않았다. 정말 이상했다. 아침에는 분명히 문이 열려있었고 그걸 가볍게 밀어서 닫았을 뿐이다. 그렇다면 문이 열려야 정상인데 거짓말처럼 단단히 잠겨있었다. 그야말로 귀신에 홀린 기분이었다.

"이럴 리가 없는데……."

연경은 석연치 않은 기분으로 방에 돌아왔다.

그리고 며칠을 지켜봤지만 문은 계속 닫힌 채로 있었다. 결국 연경은 소문을 너무 의식해서 자신이 뭔가를 착각한 거라고 생각했다. 그게 이치에 맞는 합리적인 결론이었다. 연경은 며칠 지나지 않아서 그 일에 대해 까맣게 잊어버렸다.

다시 며칠이 지났다.

연경은 주말 동안에 친구들과 강촌으로 놀러갔다가 이틀 만에 기숙사로 돌아왔다. 여독이 풀리지 않아선지 밤새 뒤척이다가 그만 늦잠을 자고 말았다. 깜짝 놀라 허둥지둥 방을 나서던 연경은 무엇을 봤는지 걸음을 떼다말고 우뚝 멈춰 섰다. 그러고는 침을 꿀꺽 삼키고 천천히 뒤를 돌아보았다.

또, 그 방의 문이 열려있었다.

이번에도 반 뼘 정도만 살짝.

연경은 갑자기 오싹해졌다. 그래서 지난번처럼 문을 닫을 생각도 못하고 도망치듯 강의실로 뛰어갔다. 몸은 그렇게 벗어났어도 마음은 주박에 걸린 것처럼 그곳에 못 박혔다. 강의실에서도, 밥을 먹는 동안에도, 친구들을 만날 때조차도, 내내 머릿속에선 아침에 봤던 장면이 맴돌았다. 하루가 어떻게 지나갔는지도 모를 정도였다. 저녁이 되어 돌아갈 시간이 되었는데도 너무 무서워 엄두가 나지 않았다. 결국 이유는 설명하지 않고 다른 핑계를 대고 친구를 꼬드겨 늦은 시각에 기숙사로 돌아갔다.

기숙사 건물 출입문을 통과하고 계단을 오르는 동안, 머릿속에선 다시 아침에 봤던 장면이 생생하게 떠올랐다.

영문을 모르는 친구는 성큼성큼 걸었지만, 연경은 쭈뼛쭈뼛 간신히 걸음을 옮겼다. 그러다가 저만치에 그 방이 보이

자 심장이 무섭게 뛰기 시작했다. 멀리서 보기엔 문이 열려
있는 것 같지 않았다.

연경은 마음을 추스르며 걸음을 옮겼다.

"여기가 그 소문의 방?"

친구가 호기심 어린 얼굴로 물었다.

연경은 가까스로 고개를 돌렸다.

'아!'

방은 굳게 닫혀있었다.

연경은 몰래 안도의 한숨을 내쉬며 가슴을 쓸어내렸다.

그날 밤, 연경은 좀처럼 잠을 이루지 못했다. 그러거나 말거
나 친구는 옆 침대에서 세상모르게 코를 골며 자고 있었다.

계속 뒤척이다가 갈증을 느낀 연경은 물을 마시려고 침대
에서 내려왔다.

그때였다.

밖에서 어떤 소리가 들렸다.

옆방이었다.

문을 천천히 여는 소리 같았다.

연경은 흠칫 놀라며 친구를 쳐다보았다. 친구는 너무 깊이
잠들어서 소리를 듣지 못하는 것 같았다.

연경은 얼른 침대로 올라가 이불을 뒤집어썼다.

이번에는 발소리가 들렸다.

한 걸음,

두 걸음,

세 걸음…….

발소리가 멎었다.

연경은 조심스레 이불 밖으로 고개를 내밀었다.

문고리가,

문고리가 천천히 돌아가고 있었다.

"안 돼!"

그걸 본, 연경은 무심결에 비명을 질렀다.

그 바람에 옆에서 자고 있던 친구도 잠에서 깨고 말았다.

"뭐야! 응? 왜 그래? 무슨 일이야."

연경은 떨리는 손으로 문을 가리켰다.

"바, 바, 밖에 누가 있어…….'

"밖에? 무슨 소리야."

친구는 침대에서 내려와 씩씩하게 문으로 갔다. 그러고는
돌아서서 연경을 쳐다보며 문고리를 잡았다.

"안 돼, 열지 마."

"바보야, 밖에 있긴 누가 있다고 그래. 자, 봐."

친구는 연경을 바라보며 웃는 얼굴로 문을 열었다.

"어때, 아무도 없지?"

"……."

연경은 그대로 얼어붙어 아무 말도 할 수 없었다.

열린 문 앞에, 어떤 여자가 눈을 부릅뜨고 연경을 노려보

고 있었다.

혀를 길게 빼물고······.

"됐지, 이제? 하여튼 바보 같다니까."

친구는 웃으면서 문을 닫았다. 그러고는 연경을 토닥여주고 다시 침대로 돌아갔다.

친구는 곧바로 잠이 들었다.

하지만 연경은 아침까지 뜬눈으로 지새웠다.

그리고 다음날 연경은 기숙사에서 짐을 뺐다.

이후로도 방의 주인은 여러 번 바뀌었는데 그때마다 귀신을 봤다며 한 달을 못 채우고 방을 뺐다.

연경이 졸업하고 몇 년이 지나서 학교 측에서는 너무 낡았다는 이유로 기존의 건물을 허물고 새로 기숙사를 지었다고 한다.

녹음된 목소리

　윤호는 평소 짝사랑하는 교회 누나에게 마음을 전하기 위해 남몰래 선물을 준비했다. 평소 그 누나가 좋아하는 가요와 가수가 누구인지 하나하나 알아낸 다음에 리스트를 만들어 집근처 레코드 가게를 찾아갔다. 그러고는 리스트에 적힌 노래들을 공 테이프에 녹음하여 집으로 가져왔다. 거기서 끝이 아니었다. 아직 비장의 무기가 남아있었다.

　윤호는 몇 달 전부터 연습한 기타를 퉁기며 손수 만든 자작곡을 테이프 마지막 곡으로 녹음했다.

　목을 가다듬고 그 누나를 생각하며 부른 윤호는 녹음 상태를 한 차례 확인하고는 테이프를 정성스럽게 포장했다.

　그리고 다가온 주말.

윤호는 한껏 기대에 부풀어 들뜬 마음으로 교회를 찾아갔다. 그런데 주말에는 예배하러 온 사람들이 너무 많아서 선뜻 선물을 건넬 수가 없었다. 윤호는 적당한 타이밍을 기다리다가 사람들의 이목을 피해 누나의 손에 테이프를 쥐어주고는 도망치듯 교회를 나왔다.

이제 누나의 대답만 기다리면 되는 것이다. 그리고 진심이 통한다면 바라는 대답을 들을 수 있으리라.

집으로 돌아온 윤호는 온종일 아무것도 못하고 전화기 앞을 지켰다. 눈치 없는 엄마는 거실에서 서성이지 말고 방으로 들어가 공부나 하라고 야단쳤다. 하지만 윤호는 오늘만큼은 내버려달라며 전화기 앞을 떠나지 않았다.

그날 저녁.

드디어 기다리던 누나의 전화가 걸려왔다.

"야, 미친놈아. 너, 당장 나와!"

그것은 기대했던 대답이 아니었다.

누나는 무슨 일인지 다짜고짜 욕을 하며 불같이 화를 냈다.

윤호는 영문도 모른 채 누나를 만나러 놀이터로 뛰어갔다.

놀이터에 먼저 와서 기다리고 있던 누나는 윤호를 보자 독살스런 눈빛으로 노려보았다. 그 서슬에 눌린 윤호는 자기도 모르게 목을 움츠렸다.

"누나……."

"너, 나한테 이런 걸, 주는 이유가 뭐야!"

누나는 신경질을 부리며 윤호에게서 받은 테이프를 바닥에 패대기쳤다.

"왜 그래, 누나. 들어봤으면 알 거 아냐."

"하, 이 미친……."

"내 목소리가 그렇게 싫었어?"

"싫어? 야, 소름끼친다. 너 앞으로는 나랑 아는 체 하지 마."

그 말을 남기고 누나는 집으로 돌아갔다.

윤호도 바닥에 떨어진 테이프를 챙겨서 집으로 돌아왔다. 그러고는 침울한 표정을 지으며 방으로 들어갔다.

"내 목소리가 소름끼친다고? 진짜 너무한다."

윤호는 볼멘소리를 하며 테이프를 워크맨에 넣었다. 이어폰을 꽂고 '빨리 감기'로 자작곡을 녹음한 부분을 찾았다. 윤호는 예술적 감성이 없는 누나를 원망하면서 손수 만든 자작곡을 감상했다.

그런데…….

"뭐, 뭐야, 이거!"

노래를 듣던 윤호는 화들짝 놀라며 이어폰을 뺐다. 노래가 전반부까지는 잘 나오다가 갑자기 잡음이 일더니 후렴부분 사이사이에 가냘픈 목소리로 '사랑해'라는 속삭임이 반복해서 들렸기 때문이다. 그건 정말이지 누나의 말처럼 듣는 순간, 소름끼치는 섬뜩한 목소리였다.

윤호는 그길로 레코드 가게로 달려가 녹음에 문제가 있었던 게 아니냐고 항의했다. 하지만 가게 주인은 그럴 리가 없다고 잡아뗐다. 그러고는 녹음된 노래를 들어보고 고개를 갸웃하더니 윤호에게 물었다.

"학생, 이건 우리 가게에서 녹음된 게 아니야. 이 부분은 학생이 집에서 녹음했지? 혹시 그때 누가 옆에 있지 않았어? 내가 다시 들어보니까 이건 아무래도 노래를 녹음할 때 옆에서 누가 일부러 자기 목소리를 낸 거 같은데……."

장난전화

지금은 선비라는 별명이 붙여질 만큼 점잖은 동민이지만 어릴 적만 하더라도 누구도 못 말리는 개구쟁이였다. 하루라도 사고를 치지 않으면 좀이 쑤시는 악동 중의 악동이었다. 남의 집 초인종을 누르고 달아나는 건 그냥 일상이었고 주차된 차를 못으로 긁거나 장난감 화약으로 지나다니는 여자를 놀라게 하기, 심지어 형의 보온도시락에 몰래 똥을 싸놓은 적도 있었다.

하지만 무엇보다 가장 즐겼던 것은 바로 장난전화였다. 당시만 하더라도 발신자 추적은커녕 휴대전화도 없던 시절이었다.

동민은 집에 굴러다니는 두툼한 전화번호부를 펼쳐놓고

보이는 대로 전화를 걸어서 시답잖은 농담을 하거나 욕을 해주고는 상대가 발끈하면 냉큼 끊고 낄낄거리며 좋아했다. 그러다가 전화요금이 너무 많이 나오는 바람에 덜미를 잡혀서 엄마에게 심한 꾸중을 듣고는 한동안 반성하는 척하며 장난전화를 걸지 않았다.

하지만 자숙 기간은 그리 길지 않았다.

용케도 며칠을 버텼지만 다시 좀이 쑤시기 시작한 동민은 식구들이 집을 비운 틈을 타서 다시 수화기를 들었다. 그러고는 늘 그랬던 것처럼 전화번호부를 펼쳤다. 그런데 이날따라 전화를 걸어도 받지 않는 번호가 많았다. 열 번을 걸면 서너 번만 받았고 그나마 반응도 시큰둥했다. 괜히 오기가 생긴 동민은 다른 전화번호부를 가져와 뒤적거렸다. 그러다가 어느 한 페이지에서 멈췄다. 거기서 유독 '장군보살'이라는 상호가 눈에 띄었다. 똑같은 상호를 쓰는 번호가 여러 개였는데 동민은 그중 하나를 골라 전화를 걸었다.

신호음이 몇 차례 울리더니 상대가 전화를 받았다. 하지만 아무 말도 하지 않고 낮은 숨소리만 냈다.

그 기묘한 침묵에 압도된 동민은 엉겁결에 수화기를 내려놓았다.

또 괜한 오기가 생겼다.

동민은 수화기를 들고 재다이얼 버튼을 눌렀다.

이번에도 상대방은 아무 말도 하지 않았다.

"야? 벙어리냐? 전화를 받았으면 말을 해야지. 왜? 약 올라? 열 받아 죽겠지?"

"……."

여전히 나직한 숨소리만 들릴 뿐, 아무 대꾸도 하지 않았다.

동민은 뭔가 알 수 없는 불안감에 휩싸여 얼른 수화기를 내려놓았다.

"아, 뭐야. 이거……."

겁이 나기도 했지만 은근히 자존심도 상했다. 왠지 무시당하는 기분마저 들었다. 결국 동민은 다시 수화기를 들고 재다이얼 버튼을 눌렀다. 이번에는 신호음이 한 번 울리고 곧바로 전화를 받았다. 상대가 화가 난 게 분명했다.

"야! 이 바보야!"

동민은 빽 소리를 지르고는 냉큼 전화를 끊었다. 이만하면 상대방도 충분히 열을 받았을 거란 생각을 하니 왠지 우쭐해졌다. 하지만 이걸로는 뭔가 성이 차지 않았다. 아직 자존심을 회복하기엔 부족한 것 같았다.

그래서 또다시 수화기를 들고 재다이얼 버튼을 눌렀다.

신호음이 한 번 울리고 딸각하더니 상대방이 전화를 받았다. 동민은 이번에도 시원하게 욕을 해주고 전화를 끊을 생각이었다.

"이……."

그때였다.

"자꾸 이러면 네 에미가 다쳐!"

계속 숨소리만 내던 상대방이 버럭 소리를 질렀다. 그것은 생전 처음 들어보는 소름끼치는 목소리였다.

마치 옆에서 소리를 치는 것처럼 쩌렁쩌렁하게 울렸다.

동민은 깜짝 놀란 나머지 그만 수화기를 떨어뜨리고 말았다. 그것도 모자라서 벌떡 일어나 전화기에서 멀리 떨어졌다. 하지만 놀란 가슴은 좀처럼 진정이 되지 않았다.

이상한 기분이 들었다.

자꾸만 가슴이 벌렁벌렁하면서 그 섬뜩한 목소리가 머릿속을 맴돌았다.

"에미가 다쳐? 우리 엄마가 다친단 소리인가?"

말도 안 되는 소리인데도 한번 의식하기 시작하자 걷잡을 수 없이 불안감이 엄습했다. 정말로 무슨 일이 일어날 것만 같았다.

동민은 안절부절 못하다가 엄마 가게로 전화를 걸어보았다.

전화를 받은 사람은 엄마가 아니라 가게에서 일하는 종업원 누나였다. 방금 전에 집으로 가셨다는 것이다. 그 말을 듣고 나서 동민은 더욱더 불안해졌다. 왜 그러는지는 자신도 이유를 몰랐다. 그냥 막연한 불안감이었다.

결국 동민은 엄마를 마중하러 나갔다. 혹시나 서로 엇갈

릴까 싶어서 멀리 가진 못하고 아파트 단지 앞 횡단보도에
서 기다렸다.

초조함 속에서 몇 십 분이 흘렀다.

여전히 엄마는 보이지 않았다.

시간이 흐를수록 불안감이 커졌다.

동민은 가만히 있지를 못하고 계속 왔다갔다 서성였다.

다시 얼마의 시간이 흐르고 비로소 맞은편 신호등에 엄마
가 나타났다.

너무 반가운 마음에 엄마를 부르며 손을 흔들었지만 무엇
에 정신이 팔렸는지 엄마는 다른 데를 보고 있었다.

이윽고 신호가 바뀌고 사람들이 길을 건너기 시작했다.

동민은 엄마에게 달려가야 할지 아니면 기다려야 할지 몰
라 망설였다. 주춤하는 사이에 엄마가 이쪽으로 걸어오는
게 보였다. 엄마도 뒤늦게 동민을 발견하고는 쟤가 웬일인가
싶은 얼굴로 쳐다보았다.

"후우, 다행이다."

그때서야 동민은 마음이 놓이는지 한숨을 쉬었다.

그 순간, 반대편 차선에서 택시 한 대가 요란한 소리를 내
며 달려오더니 저지선을 넘어 급정거를 했다.

동민의 눈에 엄마가 넘어지는 모습이 보였다.

"엄마!"

깜짝 놀라 엄마에게 달려가려는데 뒤에서 누군가가 동민

의 어깨를 붙잡았다. 그러더니 몸을 숙이고 낮은 목소리로 속삭이듯 말했다.

"말했지? 네 에미가 다친다고……."

수화기 너머로 들었던 그 소름끼치는 목소리였다.

동민은 소스라치게 놀라 고개를 돌렸다. 통통한 체구의 중년 여자가 이미 등을 보이며 저만치 걸어가고 있었다.

갑작스럽게 일어난 접촉 사고로 주변이 어수선해졌다.

퍼뜩 정신을 차린 동민은 그때서야 엄마에게 달려갔다. 다행히도 경미한 접촉 사고여서 엄마는 크게 다치진 않았다.

그날의 악몽은 그걸로 마무리되었다.

하지만 그 이후로 동민은 다시는 장난전화를 걸지 않았다. 더불어 악동 생활도 마감했다.

스티커 사진

수연은 걸음을 멈추고 희뿌연 가로등 불빛을 받고 있는 스티커 사진기를 멍하니 바라보았다.

처음 반 아이들에게 들었을 때는 그냥 지어낸 이야기라고 생각했는데 정말로 그곳에 그것이 있었다. 언제부터였는지는 모르지만 또래 아이들 사이에서 스티커 사진 괴담이 유행이었다. 내용은 학교마다, 지역마다 조금씩 달랐지만 공통점은 특정 스티커 사진기에서 사진을 찍으면 귀신도 함께 찍힌다는 것이다. 여기서 전제 조건은 반드시 혼자 찍어야 한다는 것이다. 그리고 귀신과 함께 사진을 찍으면 그날 밤 귀신이 찾아온다는 이야기도 있었다. 어느 학교에선 스티커 사진을 찍고 자살했다는 아이도 있고, 또 어떤 아이는 미쳐버렸다는 소문도 있었다.

어쩌다가 여기에 왔을까.

수연은 자신을 자책했다.

지긋지긋한 기말고사도 끝났고 친구들과 어울려 노는 게 훨씬 나을 텐데. 그냥 무심결에 소문으로 떠도는 스티커 사진기를 찾아온 것이다. 불과 얼마 전만 하더라도 말도 안 되는 이야기라고 일축했던 터라, 막상 그 문제의 스티커 사진기를 마주하니 자기도 모르게 긴장이 되었다.

하지만 두려움보다 호기심이 더 컸다.

한참을 망설이던 수연은 조심조심 스티커 사진기로 걸어갔다.

날은 이미 저물어서 주변은 어두컴컴했고 지나다니는 사람도 거의 없었다. 그만큼 외지고 한산했다. 기껏해야 어쩌다가 가끔씩 승용차가 지나가는 정도였다. 한편으로는 주변에 아무도 없다는 게 오히려 다행이라고 수연은 생각했다. 평소에 괴담 같은 건 믿지도 않고 모두 지어낸 이야기라고 공공연하게 말해놓고 호기심에 스티커 사진을 찍으러 왔다고 하면 분명히 웃음거리가 될 테니까. 이런 일은 아무도 모르게 빨리 마무리 짓는 게 좋다.

'그래, 이왕 여기까지 왔으니 사진을 찍어보자. 어차피 누군가가 지어낸 이야기일 거야. 나는 그걸 증명하는 것이고.'

수연은 스스로를 다독이며 천천히 스티커 사진기 안으로

들어갔다.

심호흡을 하고 동전을 넣었다.

배경을 고르고, 잠시 마음을 다스렸다.

여기까지는 여느 스티커 사진기랑 별반 다를 게 없었다.

수연은 맘속으로 셋까지 세고 버튼을 눌렀다.

두근두근.

심장이 미칠 듯이 방망이질을 쳤다.

'정말로 귀신이 찍히면 어떻게 하지?'

수연은 침을 꿀꺽 삼키며 사진이 출력되기를 기다렸다.

겨우 몇 초에 불과한 시간이 몇 시간처럼 느껴졌다.

이윽고 스티커 사진이 출력되었다.

수연은 엉겁결에 눈을 질끈 감고는 사진을 보지도 않고 지갑에 넣었다. 차마 당장 확인할 자신이 없었던 것이다.

수연은 스티커 사진기에서 도망치듯 나와 곧장 버스정류장으로 향했다.

마침 도착한 버스가 있어 황급히 올라탄 수연은 집에 도착할 때까지 두 손으로 지갑을 조심스럽게 쥐었다.

십여 분 후, 수연은 버스에서 내려 집까지 단숨에 뛰어갔다. 엄마에게 인사를 하는 둥, 마는 둥하며 방에 들어가서는 가방도 대충 던져놓고 침대 위로 올라가 쿠션을 끌어안았다. 그러고는 지갑을 열어 천천히 사진을 꺼냈다.

여전히 용기가 나지 않아 실눈을 뜨고 스티커 사진을 집었다.

그리고 심호흡을 하고 사진을 보았다.

"어?"

수연은 눈을 크게 떴다.

스티커 사진에는 귀신같은 건 찍히지 않았다. 그냥 다소 긴장해서 무표정한 얼굴을 하고 있는 자신밖에 보이지 않았다.

"에이, 뭐야."

수연은 실망했다는 듯 스티커 사진을 책상 위로 던졌다.

"괜히 긴장했네. 그럼 그렇지. 세상에 귀신이 어디 있어."

수연은 쓰게 웃으면서 파자마로 갈아입고는 욕실로 들어갔다.

세수를 마치고 나오니 한 살 터울인 여동생이 노크를 하고 들어왔다.

동생은 영어사전을 학교에 놔두고 왔다며 빌려달라고 했다.

수연은 귀찮다는 듯 턱으로 책상을 가리키며 보고 나서 제자리에 갖다놓으라고 했다.

"알았어, 알았어. 어? 이거 뭐야. 스티커 사진? 언니, 이런 것도 찍는구나."

책꽂이에서 사전을 꺼내던 동생이 스티커 사진을 발견하고 별일이라는 듯이 중얼거렸다.

수연은 어깨를 으쓱거렸다.

"그냥, 심심해서 한번 찍어봤어."

"그렇군. 별일이야, 별일."

동생은 고개를 끄덕이며 스티커 사진을 집었다. 유심히 스티커 사진을 보던 동생이 고개를 갸웃했다.

"어? 뭐야, 이거."

"뭐가?"

수연이 되물었다.

그러자 동생이 황당하다는 듯 수연을 쳐다보더니 스티커 사진을 내밀었다.

"왜 다른 사람 사진을 가지고 왔어."

"무슨 소리야. 나는 분명히……."

수연은 동생의 손에서 스티커 사진을 빼앗듯이 낚아챘다. 그러고는 스티커 사진을 다시 확인했다.

"말도 안 돼."

동생의 말이 맞았다.

사진 속에 찍힌 사람은 자신이 아니었다. 언뜻 비슷해보였지만 분위기가 비슷할 뿐, 분명히 다른 사람이었다.

나티

검붉은 곰을 순우리말로 나티라고 한다. 하지만 그것 말고
도 나티라는 말에는 '짐승 모양의 귀신'이라는 의미도 있다.

과거, 심마니나 땅꾼들 사이에서 '나티'는 산신령으로 여
겨지는 호랑이처럼 경외의 대상이었다고 한다. 그게 전자의
의미이든, 후자의 의미이든 간에 상관없이 두렵고 마주치지
말아야할 존재였던 것 같다. 특히 후자의 의미를 지닌 나티
는 정말로 무시무시했던 모양이다.

젊은 날에 땅꾼을 쫓아다녔다는 송광열 씨는 실제로 나
티와 마주친 적이 있다고 한다.

군대를 갓 제대하고 마땅히 일자리를 구할 수 없었던 그
는 고향 선배로부터 '곽'이라는 땅꾼을 소개받고 한동안 그

를 따라다니며 일을 도왔다. 당시 곽의 나이는 오십대 후반이었는데 워낙 강건해서 많아야 사십대 후반으로밖에 보이지 않았다. 한창 나이인 송 씨보다도 훨씬 체력도 좋았고 힘도 장사였다. 사십 년 가까이 땅꾼 생활을 했다는데 산속을 다니다가 무시무시한 독사와 마주쳐도 눈 하나 깜짝 안하고 집게로 잡아서 자루에 담는 건 일도 아니었다. 달빛도 없는 한밤중에도 어두컴컴한 산길을 아무렇지도 않게 다니고, 끼니 대신에 이상한 약초를 먹는 등, 여러 모로 기이한 면이 많은 사람이었다.

그러다가 한번은 뱀을 잡으러 산을 다니다가 밀렵꾼들을 만났다. 그때는 수렵 허가 기간이 아니어서 엄연히 불법이었는데도 그들은 그다지 개의치 않았다. 버젓이 공기총에 사냥개들까지 대동해서 산을 휘젓고 다녔다. 자기들 말로는 군청 직원이 아는 후배라서 딱히 꺼릴 게 없다고 했다. 그런 그들을 송 씨는 달갑지 않게 여겼는데 곽도 보자마자 전에 없는 적의를 내비쳤다. 그러거나 말거나 밀렵꾼들은 곽에게 땅꾼이니 산의 지리에 밝겠다며 길안내를 해달라고 했다. 부탁이 아니라 협박에 가까웠다.

송 씨는 당연히 곽이라면 거절하라고 생각했다. 하지만 곽은 의외로 순순히 승낙하고 그들의 길안내를 해주었다. 송 씨는 그걸 보고 곽도 총 앞에서는 별 수 없구나, 하고 생각했는데 그건 착각이었다.

밀렵꾼들은 꿩이나 토끼 같은 시시한 사냥감 말고 뭔가 자랑거리로 삼을 수 있는 걸 원했다. 이를 테면 멧돼지나 노루 같은 커다란 짐승. 아니면 곰. 그래서 그런 사냥감이 자주 출몰하는 곳을 알면 가르쳐달라고 했다.

곽은 묵묵히 그들을 깊은 산속으로 안내했다.

옆에서 곽을 따라가던 송 씨는 문득 의아한 생각이 들었다. 곽이 가고 있는 방향은 평소에 자신에게는 절대로 발을 들이지 말라고 했던 곳이기 때문이다. 워낙 신신당부해서 귀에 인이 박힐 정도였다. 그런데 무슨 생각에선지 곽이 밀렵꾼들을 그곳으로 안내하고 있었다.

얼마나 더 들어갔을까.

밀렵꾼들이 데리고 온 사냥개들이 갑자기 입술을 젖히며 맹렬히 짖기 시작했다. 그러자 덩달아 밀렵꾼들도 흥분했다.

개들은 목줄을 풀어달라고 아우성쳤다.

수풀 저편에 뭔가 있는 게 분명하다고 판단한 밀렵꾼들은 개들의 목줄을 풀어주었다.

자유로워진 개들이 우렁차게 짖으며 일제히 수풀로 뛰어들었다. 밀렵꾼들도 놓칠세라 개들을 쫓아갔다.

송 씨는 자신도 따라가야 하는 건가 싶어 머뭇거렸다.

그때 곽이 송 씨의 뒷덜미를 잡아채더니 비탈길로 밀어버렸다. 이어서 곽도 송 씨를 따라서 비탈길을 내려왔다.

영문도 모르고 비탈길을 굴러 내려온 송 씨가 화를 내며 따지려고 하는데, 곽이 손바닥으로 송 씨의 입을 틀어막았다. 그러고는 버둥거리는 송 씨의 머리를 누르고 자신도 몸을 바짝 낮추었다.

바로 그때 개들의 비명 소리가 들렸다.

총성도 울렸다.

곧이어 밀렵꾼들이 비명을 지르며 도움을 청했다.

무슨 일인지 몰라도 소리만으로도 끔찍한 일이 벌어지고 있음을 충분히 짐작할 수 있었다.

곽은 잠잠해질 때까지 송 씨를 누르고 있었다.

이윽고 쥐 죽은 듯이 고요해지는가 싶더니 뭔가 커다란 그림자가 수풀을 헤치며 저만치 멀어지는 게 보였다.

송 씨가 호기심을 누르지 못하고 고개를 들려고 하자, 곽이 더욱 세게 누르며 나직이 경고했다.

저것이 '나티'라고.

조금 후, 곽은 송 씨를 데리고 산을 내려왔다. 송 씨가 밀렵꾼들을 찾아봐야 하는 거 아니냐고 했더니 곽은 말없이 고개만 저었다.

그 일이 있은 후, 두어 달쯤 지나서 송 씨는 식당에 밥을 먹으러 갔다가 실종자를 찾는 전단지를 보았다. 그때 산에서 마주친 밀렵꾼 중 한 사람을 찾는 전단지였는데, 실종일자를 보니 산에서 마주친 날짜였다.

그러고 일 년 후에, 송 씨는 사소한 일로 곽과 크게 다투고 서울로 상경하여 방직 공장에 취직했다.

이후로는 곽을 만난 적이 없다고 한다.

송 씨는 그때 자신이 본 그림자가 커다란 곰이었는지, 아니면 정말로 짐승 모양의 귀신이었는지는 여전히 알 수 없지만 사람들이 말하던 '나티'가 분명하다고 믿고 있다.

딴내청

김정환 씨가 젊은 시절에 겪은 이야기다.

군대에서 전역하고 복학할 때까지 두어 달의 여유가 생긴 정환은 부산에서 혼자 자취하는 누나의 집에서 지내며 아르바이트를 하기로 했다. 아버지랑 워낙 사이가 안 좋아서 집에 있어봐야 서로 불편한 일만 생길 게 분명했기 때문이다.

당시 작은 무역회사에서 경리를 보던 누나는 퇴근 후에 시간을 쪼개 디자인 학원을 다녔다. 어릴 적부터 꿈인 의상 디자이너가 되기 위해서였다.

누나는 완고하고 보수적인 아버지의 반대로 대학 진학을 포기하고 상고에 들어갈 수밖에 없었지만 언젠가는 꼭 꿈을 이루리란 희망을 포기한 적이 없었다. 덕분에 누나와 얼굴을 마주하는 시간이 적었지만 정환은 그 나름대로 나쁘지 않다고 생각했다. 혼자 장래를 고민할 시간도 갖고, 무엇보다 아버지 못지않은 누나의 잔소리를 들을 일이 적어서 좋았다. 그렇다고 마냥 빈둥거릴 수는 없었기에 자취방 근처의 당구장에서 파트타임 아르바이트를 구했다.

24시간 영업을 하는 당구장이었는데 사장의 요구에 따라 근무시간대가 매번 바뀌기 일쑤였다. 어떤 날에는 낮 시간에, 어떤 날에는 저녁부터 새벽까지 일하기도 했다. 하지만 보수가 나쁘지 않은 편이라 정환도 딱히 불만을 갖진 않았다.

다만 한 가지, 낮밤이 수시로 바뀌는 바람에 제대로 자지 못해서 늘 잠이 부족했다. 그래서 아르바이트를 마치고 집에 돌아오면 이불 속에 들어가기 바빴다.

그런데 어느 날이었다.

늦은 시각에 귀가한 누나가 정환의 방에 마네킹을 가져다 놓았다. 누나는 조만간 있을 무슨 공모전에 대비하기 위해 집에서도 틈나는 대로 연습할 거라며, 자기 방에는 놓을 공간이 부족하니 당분간 불편해도 참아달라며 정환에게 양해를 구했다.

정환은 얹혀사는 입장이라 싫다는 말도 못하고 알았다고 했지만 시커먼 남자 마네킹과 같은 방을 쓰는 게 영 탐탁지 않았다.

다음날, 아르바이트를 마치고 새벽에 귀가한 정환은 무심코 방으로 들어갔다가 한쪽 구석에 서 있는 마네킹을 보고 흠칫 놀라고 말았다. 그새 마네킹의 존재를 잊고 있었던 것이다.

"아, 깜짝이야. 얼굴이라도 좀 가려놓지……."

정환은 중얼거리며 점퍼를 벗어 마네킹의 얼굴에 씌었다.

그러고는 간단히 세수만 하고 이불속으로 들어갔다.

정환은 밤샘을 한 탓에 너무 피로한 나머지 금세 잠이 들었다.

얼마쯤 지났을까.

잠결에 누군가가 옹알거리는 소리가 들렸다.

신음 소리 같기도 했고, 흐느끼는 소리처럼 들리기도 했다. 뭔가를 나직이 중얼거리는 느낌도 있었다. 하지만 소리가 너무 작아서 무슨 의미인진 알 수가 없었다. 그래서 더 자세히 들어보려고 귀를 기울이다보니 서서히 잠이 깨기 시작했다.

그러다가 문득 오싹한 느낌에 눈을 번쩍 뜬 정환은 급히 방안을 둘러보았다.

"뭐, 뭐지?"

하지만 눈에 들어오는 거라곤, 방 한구석에 서 있는 마네킹뿐이었다.

정환은 쓰게 웃으며 다시 잠을 청하려다가 뭔가를 깨닫고 벌떡 일어났다.

'분명히 아까 점퍼로 마네킹의 얼굴을 가렸었는데……'

하지만 점퍼는 바닥에 떨어져 있었다. 미끄러져서 그럴 수도 있겠지만, 정환은 왠지 불길한 기분이 들었다.

'에이, 설마 아니겠지.'

이때만 하더라도 정환은 그냥 너무 피곤해서 그런 줄로만 알았다.

그리고 며칠 후였다.

그날도 정환은 방으로 들어가 불을 켜다가 하얀 천을 몸에 감고 있는 마네킹을 보고 또다시 화들짝 놀라고 말았다. 천들이 핀으로 고정된 것을 보니 누나의 작품인 게 분명했다. 거기다가 가발까지 쓰고 있어서 평소보다 더욱 으스스한 몰골이었다.

"아, 뭐야. 진짜……"

마네킹을 보고 놀란 게 벌써 몇 번째인지 몰랐다.

짜증이 난 정환은 누나에게 따지려고 누나 방으로 갔다. 하지만 누나는 방에 없었고, 냉장고 문에 야근이라 많이 늦는다는 메모가 있었다. 정환은 마네킹을 옮기려다가 괜히 누나의 작품을 망칠 것 같아 생각을 바꾸었다. 그냥 며칠만 더 참으면 되겠지, 하고 스스로를 다독였다. 달리 방법도 없었다.

마음을 추스르고 샤워를 마친 정환은 마네킹을 조심스럽게 돌려세우고 이불속으로 들어갔다. 어둠속에서 아무 생각없이 눈을 떴다가 마네킹을 보고 또 놀라기는 싫었다.

정환은 평소처럼 금세 코를 골며 자기 시작했다.

서너 시간 후.

정환은 오한을 느끼고 스르륵 눈을 떴다.

그리고 똑똑히 들었다.

누군가가 속삭이는 소리를. 거의 들릴 듯 말 듯 희미한 목소리로 뭔가를 빠르게 중얼거리고 있었다.

정환은 두려운 나머지 숨을 죽이고 이불을 끌어당겼다.

그사이에도 낮고 희미한 중얼거림은 계속 이어졌다.

그러더니 점점 가까워지고 있었다.

거의, 바짝 다가와 귀에 대고 속삭이는 느낌…….

"으아아!"

견디다 못한 정환은 비명을 지르며 이불을 걷어찼다.

그때 어둠속에서 뭔가 튀어나와 정환을 덮쳤다.

마네킹이었다.

마네킹이 정환의 얼굴로 쓰러졌다.

정환은 비명을 지르며 마네킹을 밀쳐내고 방에서 도망쳐 나왔다.

아예 집밖으로 나가버렸다.

정환은 그때부터 복도에 쭈그리고 앉아 누나가 오기를 기다렸다.

얼마 후, 야근을 마치고 귀가한 누나가 정환을 발견하고는 무슨 일이냐고 물었다.

정환은 자기가 겪은 일을 누나에게 들려주었다. 그러고는 당장 마네킹을 치워달라고 부탁했다. 하지만 누나는 대체 몇 살이냐며 어이없다는 반응을 보였다.

정환은 마네킹을 치우지 않으면 자기가 집을 나가겠다고 고집을 부렸다.

결국 누나는 백기를 들 수밖에 없었다.

그날 밤, 마네킹은 누나 방에서 마지막 밤을 보냈다. 그리고 정환의 요구대로 누나는 마네킹을 학원에 돌려주었다.

정말로 마네킹 때문이었는지는 몰라도, 정환은 이후로 그 이상한 속삭임을 듣지 않았다고 한다.

발소리

　광주에서 나고 자란 숙영은 중학교 2학년 때 서울로 전학하는 바람에 이모 집에서 지내면서 통학했다. 좋은 학군의 고등학교를 배정받아야 대학교도 좋은 데로 갈 수 있다는 엄마의 성화 때문이었다.

　한창 친구들과 놀기 좋아할 나이였던 숙영은 일방적인 엄마의 처사가 몹시 불만스러웠다. 하지만 거스를 용기도, 명분도 없었기 때문에 싫어도 따를 수밖에 없었다. 어떻게든 대학에만 들어가면 그때부턴 하고 싶은 걸 다 해도 좋다는 엄마의 다짐을 받아놓은 게 유일한 위안이었다. 하지만 맘속으로는 그사이에 적당한 구실만 생기면 광주로 돌아갈 생각이었다. 마음가짐이 그러니 학교생활도 즐거울 리 없었다. 전에 다니던 학교와 진도도 맞지 않아 수업을 따라가는 것도 쉽지 않았다.

불만은 계속 쌓여가고 성격도 예민해져서 애꿎은 이모에게 짜증을 부리는 일도 잦았다. 그럼에도 엄마는 숙영의 기분을 이해하려는 노력은커녕 더 열심히 공부해야 한다며 방과 후에는 단과학원까지 다니라고 했다. 내키지도 않는 학원 수업까지 받으려니 숙영은 심신이 지칠 수밖에 없었다.

몇 달 간 쳇바퀴 같은 생활을 하던 숙영은 학원에서 같은 처지에 놓인 친구들을 알게 되었다. 부모라는 공통의 불만을 품은 그들은 금세 친해졌고, 함께 어울려 다니느라 귀가시간도 그만큼 늦어졌다.

숙영의 귀가시간이 늦어질수록 이모의 간섭과 잔소리도 덩달아 심해졌다. 그러면 숙영도 반항심에 더욱더 늦게 귀가했다.

그날은, 이모와의 갈등이 절정에 달했던 무렵이었다.

여느 때와 마찬가지로 숙영은 거의 자정이 가까워서야 귀가했다.

아파트 단지로 들어서자, 경비원이 그날따라 알은체를 하며 유난을 떨었다. 그러면서 무슨 에너지 절약 행사를 한다면서 자정부터 새벽까지 엘리베이터 운행을 하지 않는다는 이야기를 해주었다.

이모의 집은 7층이었다.

숙영은 혀를 차며 비상구 계단으로 걸음을 옮겼다.

뒤에선 경비원이 뭐가 그리 즐거운지 키득거리고 있었다. 마치 고소하다는 듯한, 얄미운 웃음소리였다.

숙영은 투덜거리며 계단을 올라갔다.

하지만 평소 운동을 게을리 한 탓인지 3층도 채 오르지 못하고 금세 지쳐버렸다. 무릎도 아프고 종아리도 욱신거렸다. 주저앉고 싶은 마음은 굴뚝같았지만 그렇다고 뾰족한 수가 있는 건 아니어서 이를 악물고 계단을 오를 수밖에 없었다.

난간을 잡고 낑낑거리며 계단을 올라가는데 아래쪽에서 발소리가 들렸다.

누군가, 숙영과 마찬가지로 엘리베이터를 타지 못한 것이다.

숙영은 자기 처지는 잊은 채, 속으로 고소하다는 생각을 하며 히죽거렸다. 그리고 그걸 위안 삼아 부지런히 걸음을 옮겼다.

그렇게 4층까지 올라갔을 때, 무심코 아래를 내려다보았다.

순간 오소소 소름이 돋았다.

방금 전까지 발소리를 들었는데 아래쪽 계단에는 아무도 없었다. 그리고 숙영이 걸음을 멈추자 아래에서 들리던 발소리도 멎었다.

숙영은 침을 꿀꺽 삼키며 아래를 내려다보며 조심스럽게

걸음을 뗐다.

또각.

또각.

누가 장난이라도 치는 걸까.

마치 숙영의 발소리에 맞춰 걸음을 내딛는 것 같았다.

숙영이 한 걸음 내딛으면, 발소리도 한 번만 울렸다.

두 걸음을 내딛으면, 두 번이 울린다.

느리게 올라가면, 발소리도 느리게 울리고, 빠르게 올라가면 역시 발소리도 긴박하게 울렸다.

그리도 더욱더 무서운 것은…….

누군가가 계단을 올라오고 있다면 센서등이 켜져야 하는데 아래층은 깜깜하기만 했다.

덜컥 겁이 난 숙영은 미친 듯이 계단을 뛰어올라갔다. 그러자 발소리도 무서운 속도로 그녀를 쫓아왔다.

"이모!"

숙영은 정신없이 뛰면서 울먹이는 목소리로 이모를 불렀다.

아뿔싸! 숙영은 너무 다급한 나머지 두세 계단을 한 번에 오르다가 그만 발을 헛딛고 말았다. 다시 일어서려고 했지만 발목을 삐었는지 엉덩방아를 찧었다.

이번에는 발소리가 멎지 않았다. 마치 이때를 기다렸다는 듯이 점점 더 가까워졌다.

"이모!"

그때였다.

바로 옆의 비상구 출입문이 벌컥 열렸다.

"숙영아!"

이모였다.

자정이 넘도록 수경이 귀가하지 않아서 나와 봤다가 비명 소리를 듣고 비상구로 달려온 모양이었다.

숙영은 이모를 보자마자 와락 품에 뛰어들었다. 그러고는 서럽게 울음을 터뜨렸다. 이모는 영문도 모른 채, 조카의 등을 두드리며 다독여주었다.

"왜 그러니, 숙영아."

"이모, 누가 쫓아왔어. 누가 나를……."

그 말을 듣고 이모는 아래층을 살폈다. 하지만 아무도 보이지 않았다. 경비실에 전화를 걸어서 숙영이 들어온 뒤로 또 다른 사람이 들어왔냐고 물어보았지만 대답은 아니라고 했다. 숙영은 분명히 발소리를 들었다고 주장했지만 아무도 믿어주지 않았다. 사람들은 숙영이 공부를 너무 열심히 하느라 지쳐서 헛것을 본 거라고 여겼다.

하지만 숙영은 아직까지도 그때 자신을 쫓는 발소리가 있었다고 믿고 있다. 누가 뭐라고 해도 분명히 들었다고.

우물에 빠진 학어

한정민 씨가 이모에게 들은 이야기다.

그의 이모가 다니던 초등학교에는 말라버린 우물이 하나 있었다고 한다. 듣기로는 전쟁 때 인민군들이 철수하면서 일부러 우물을 못 쓰게 했단다. 그런데 그때 젊은 여자가 인민군에게 대들다가 그만 목숨을 잃었는데 그 시신을 우물에 버렸다는 것이다. 그 이후로 한밤중에 우물가에서 귀신을 봤다는 소문이 돌았다.

종종 술에 취한 마을 남자들이 근처를 지나던 길에 우물이 말라버렸다는 사실을 까맣게 잊고 목을 축이려다가 귀신을 봤다는 이야기가 많았다.

그래서 교사들도 아이들에게 우물 근처에 가지 말라고 신신당부했다. 교사들이 염려한 것은 혹시나 아이들이 호기심에 우물을 내려다보다가 자칫 낙상을 할까 염려스러워서였다. 하지만 아이들 대부분은 귀신 때문이라고 여겼다.

한번은 호기심을 참지 못한 아이가 교사들까지 퇴근하고 없는 시각에 몰래 학교로 돌아와서는 우물을 들여다보다가 그만 밑으로 떨어지고 말았다. 사람들에게 도움을 청하려고 했지만 그 시각엔 아무도 없었기 때문에 속수무책으로 우물 속에서 누군가 발견해주기를 기다릴 수밖에 없었다. 그런 줄도 모르고 아이 부모는 늦게까지 애가 돌아오지 않자 마을 사람들을 동원하여 사방팔방을 찾아다녔다. 나중에 소식을 들은 학교 교사가 혹시나 하는 마음에 사람들을 데리고 학교로 돌아와 우물을 확인했다. 나무를 잘 타는 마을 청년이 바닥으로 내려가 아이를 데리고 올라왔다. 그때까지 아이는 어두컴컴한 우물 속에서 홀로 몇 시간을 보냈는데 그 충격 때문인지 오들오들 떨며 헛소리를 했다.

그 안에서 누군가를 봤다고.

얼굴이 하얗고 눈을 무섭게 부릅뜬 젊은 여자를 봤다고.

다들 아이가 너무 놀라서 그런다고 생각했는데, 마을에서 가장 연세가 많은 이장만 놀라는 표정을 짓더니 아이에게 어떻게 생긴 여자냐고 자세히 물었다. 아이는 더듬거리며 자기가 본 여자의 모습을 설명했다.

이장은 이야기를 다 듣고 나더니 고개를 절레절레 흔들었다.

아이가 봤다는 여자의 모습이 전쟁 때 인민군에게 대들다가 안타깝게 죽은 여자와 흡사했기 때문이다. 하지만 이장이 기억하기로는 전쟁이 끝난 다음에 분명히 시신을 수습해서 장례식을 치러주었다. 평소 마을 사람들이 술자리에서 농담처럼 귀신 얘기를 꺼낼 때만 해도 대수롭지 않게 여겼던 이장은 다음날 중장비를 불러서 그 우물을 메워버렸다.

그때 우물에 빠졌던 아이는 쇼크 때문인지 며칠을 앓았는데 다시 기운을 차리고 나서는 그 일에 대해서 전혀 기억하지 못했다.

그리고 현재, 그 우물이 있던 자리에는 부근에서 가장 큰 상가건물이 들어섰다고 한다. 한정민 씨가 나중에 그 아이가 누구냐고 물었더니 이모는 조용히 웃기만 했다고 한다.

캠핑

찬수와 정길은 초등학교 때부터 단짝이었다. 중학교까지
같은 학교를 다니다가 찬수가 3학년 때 이사를 가면서, 고등
학교는 서로 다른 학교를 배정받았다. 그래도 두 사람은 계
속 연락을 주고받으며 돈독한 우애를 다졌다. 그러다가 고
등학교 2학년 여름방학 때 학창시절의 추억을 만들자는 의
미에서 캠핑을 떠나기로 했다. 아무래도 겨울방학부터는 본
격적인 입시 준비를 해야 하므로 실질적인 마지막 방학이나
다름없어서 여름이 끝나기 전에 한번쯤 두 사람만의 추억을
만들고 싶었다. 서로 보충수업 일자가 엇갈려 간신히 날짜
를 맞춘 두 사람은 부모님의 허락을 맡고 충청도의 A군으로
캠핑을 떠났다.

출발은 무척 순조로웠다. 바닷가도 아니고 내륙이라 버스 표도 어렵지 않게 구할 수 있었고, 생각보다 길도 막히지 않아서 예상보다 일찍 목적지에 도착했다. 야영 장소는 찬수가 친척 형에게 추천을 받은 곳이 있었다. 몇 해 전에 친척 형도 다녀간 곳이라고 했다. 야트막한 야산인데 계곡도 있었다. 야영에 익숙하지 않은 찬수나 정길의 눈에도 괜찮은 장소로 보였다. 가급적 물에서 떨어져 텐트를 치라는 친척 형의 충고를 상기하며 두 사람은 계곡에서 조금 떨어진 곳에 자리를 잡았다.

찬수와 정길은 먼저 짐을 풀고 시장기를 달래기 위해 라면을 끓여먹었다. 그러고는 서툰 솜씨로 낑낑거리며 텐트를 쳤다. 두 사람 모두 야영은 처음이라서 텐트를 치는 데까지 제법 시간이 걸렸다.

한 시간 가까이 고전하다가 간신히 텐트를 치는 데 성공하고 나서 휴식을 취하고 있는데, 허리가 구부정한 노파가 지팡이를 짚으며 다가오더니 두 사람을 보자마자 별안간 사납게 고함을 질러댔다.

"이놈, 이놈들! 여기서 뭐하는 겨!"

노파는 지팡이를 마구 휘두르며 두 사람을 때리려고 했다.

"뭐에요, 할머니! 왜 그러시는 건데요!"

찬수와 정길이 지팡이를 피하며 억울하다는 듯 이유를 따졌다. 그러다가 참다못한 정길이 지팡이를 잡자, 노파는 눈을 희번덕거리며 두 사람을 노려보았다. 그 서슬에 눌린 정길이 화들짝 지팡이를 놓으며 물러섰다. 그러자 노파는 언제 그랬냐는 듯 기괴한 웃음을 터뜨리더니 지팡이를 짚으며 황급히 자리를 떠났다.

"이히히히."

두 사람은 황당하다는 얼굴로 노파의 뒷모습을 바라보았다.

"뭐야, 저 할머니……."

"황당하네."

그사이에 노파는 둘의 시야에서 완전히 사라졌다.

찬수와 정길은 금세 노파에 대한 것은 잊어버리고 계곡으로 가서 물장구를 치며 놀았다. 다이빙도, 물싸움을 하는 사이에 어느덧 해가 저물어가고 있었다. 둘은 진이 빠지도록 물놀이를 하다가 텐트로 돌아와 저녁을 지어먹었다. 집에서 가져온 반찬들과 어설픈 솜씨로 끓인 고추장찌개로 배를 채우고 나니, 주변은 이미 어두컴컴했다. 산에서의 밤은 일찍 찾아오는 법이다. 수영을 하고 노느라 몸도 노곤하고 포만감까지 더해지니 졸음이 쏟아지기 시작했다. 평소 같으면 초저녁이나 다름없는 시각이었지만 하품도 계속 나오고 눈꺼풀도 무거워졌다. 3박4일의 일정으로 왔으니 남은 날 동안에 실컷 놀기로 하고 두 사람은 일찍 잠에 들었다.

정신없이 잠을 자던 찬수는 새벽녘에 요의를 느끼고 텐트에서 나왔다. 그러고는 냄새가 날까 싶어 텐트에서 조금 떨어진 소나무로 걸어가 오줌을 누었다. 오한이 들어 부르르 몸을 떨며 돌아선 찬수는 문득 텐트가 멀게 느껴졌다. 기분 탓이려니 하며 서둘러 텐트로 돌아와서는 침낭으로 들어가려는데, 옆에서 자고 있어야할 정길이 보이지 않았다. 침낭이 비어있었다. 이 밤중에 어디를 간 건가 싶어서 찾아 나서려는데 텐트 밖에서 발소리가 들렸다.

정길이었다. 그런데 무슨 일인지 흐느끼고 있었다. 뭔가 이상하다는 느낌이 들어 찬수는 텐트 안에서 잠시 지켜보기로 했다.

정길은 텐트를 등지고 앉더니 무릎을 끌어안고 울기 시작했다.

"엉엉. 찬수야, 네가 죽다니. 왜 산을 내려가서 버스에 친 거니. 이 바보 녀석아."

이건 또 무슨 황당한 소리지?

가만히 듣고 있던 찬수는 장난을 너무 심하게 친다고 생각했다. 그래서 텐트 입구 지퍼를 내리고는 우는 연기를 하고 있는 정길의 뒤통수를 힘껏 때렸다.

"야, 인마. 죽긴 누가 죽어. 장난도 정도껏……."

그때였다.

"힉, 총각, 왜 때리는 겨."

분명히 정길이라고 생각했는데…….

새된 소리를 내며 돌아선 사람은 낮에 본 그 이상한 노파였다.

찬수는 너무 놀라서 헉, 하고 신음을 내뱉으며 주저앉았다.

"이히히히."

그사이에 노파는 키득거리며 날랜 걸음을 산을 내려갔다.

충격에 빠진 찬수는 한동안 멍하니 앉아있었다. 너무 놀라고 당황스러워서 꼼짝도 할 수가 없었다.

"살려줘! 찬수야, 나 좀 살려줘!"

비명 소리.

이번에는 틀림없는 정길의 목소리였다.

아래쪽 계곡에서 들려왔다.

찬수는 퍼뜩 정신을 차리고 황급히 계곡으로 뛰어갔다.

"살려줘, 살려……."

정길이 물속에 있었다. 그런데 한가운데도 아니고 기껏해야 무릎도 오지 않는 깊이에서 혼자 허우적거리고 있었다.

"정신 차려, 인마!"

찬수가 다가가 일으켜주었다.

"뭐야, 어떻게 된 거야? 너, 자다 말고 여기서 뭐하는 건데?"

"그게……."

정길이 떨리는 목소리로 자초지종을 이야기해주었다. 자다가 희미하게 웃음소리가 들려 호기심에 나와 봤더니 젊은 여자가 산길을 걷고 있어서 무작정 따라갔다는 것이다. 그러다가 발밑이 꺼지는 느낌이 들면서 물에 빠져버렸다고. 그런데 뭔가가 자신을 물속으로 끌어당겨서 너무 놀라 비명을 질렀다는 것이다.

조금 전의 노파도 그렇고, 정길의 이야기도 그렇고, 찬수는 갑자기 섬뜩한 생각이 들었다. 정길도 겁을 먹기는 마찬가지였다.

두 사람은 황급히 텐트로 돌아와 날이 샐 때까지 뜬눈으로 보냈다. 3박4일의 일정 따윈 잊기로 하고 아침 첫차로 돌아가기로 했다.

이윽고 날이 밝자, 둘은 서둘러 텐트를 걷었다. 그러고는 짐을 싸고 있는데 마을 주민으로 보이는 중년 사내가 둘에게 다가오더니 호통을 쳤다.

"이 녀석들아, 거기서 뭐하는 겨!"

어리둥절해진 두 사람은 왜 그렇게 화를 내냐고 물었다. 그러자 중년 사내는 두 사람의 바로 뒤를 가리키며 말했다.

"너희는 눈도 없냐? 아니, 세상 천지에 누가 넘의 무덤에서 천막을 친다냐."

그때서야 두 사람은 깜짝 놀라며 뒤를 보았다. 정말로 무덤이 있었다. 무성하게 잡초가 자란 탓에 언뜻 그냥 둔덕처럼 보였지만 사내의 말을 듣고 보니 무덤이 맞는 것 같았다. 찬수와 정길은 정말로 몰랐다며 사내에게 용서를 구했다.

사내는 고개를 흔들더니 무덤 주인에 대해 이야기를 해주었다.

　"그 무덤 주인, 불쌍한 사람이여. 부모도 없고, 늙은 할머니랑 같이 살았는데 밤중에 일하고 오다가 버스에 치어버렸어. 그 할머니는 그때 완전히 실성해버리고……."

재물은 본다

연희 씨가 스무 살 무렵에 겪은 일이다.

지방 출신인 그녀는 서울 소재의 대학에 합격하여 학교 근처의 원룸을 얻어 홀로 자취를 했다고 한다. 처음 몇 달 동안은 부모님의 구속을 받지 않고 혼자서 자유롭게 지낼 수 있어 무척 좋았지만 점점 외로움을 느끼면서 나중에는 우울증에 걸릴 지경이었다. 평소에 늘 밝은 표정을 짓던 그녀였던 터라 주변에선 약간의 변화도 금방 알아차렸다.

하루는 같은 학과의 단짝 친구가 다가와 걱정스럽게 물었다.

"너 요새 무슨 일 있니?"

친구도 그녀와 마찬가지로 혼자 올라와 자취를 하고 있

었다.

그녀는 외로워서 그렇다고 사실대로 말해주었다.

"식구들이 보고 싶어져서. 요즘 들어 부쩍 그러네. 혼자 지내서 그러나, 괜히 우울해지기도 하고……."

"역시, 그런 거 같았어."

친구는 자신도 똑같은 경험을 했다면서, 그녀에게 강아지나 고양이를 키워보라고 권유했다. 친구도 외로움을 많이 타는 성격이라 혼자 우는 날도 많았는데 강아지를 키우면서 극복했다는 것이다. 좋은 해결책이라고 생각했지만 아무래도 고양이나 개를 키워본 적이 없는 그녀로서는 선뜻 결정하기가 쉽지 않았다.

"난 동물을 키워본 적이 없는데……."

친구는 망설이는 그녀를 데리고 자취방으로 데려가 자신이 키우는 말티즈들을 보여주었다. 친구는 각각 암수 한 마리씩 키웠다. 선천적으로 애교가 많은 말티즈들의 재롱을 본 그녀는 마음을 굳히고 친구의 조언을 따르기로 했다. 그리고 친구가 소개해준 동물병원에서 말티즈 암컷 한 마리를 분양받았다. 다행히 그녀가 사는 원룸은 반려동물에 대해 관대한 편이어서, 특별히 이웃에 피해만 주지 않으면 암묵적으로 허용하는 분위기였다.

그녀는 강아지에게 '예뻐'라는 이름을 붙여주었다.

새로운 식구가 생기고 나서 그녀는 점차 외로움을 극복할 수 있었다. 그만큼 예삐에 대한 애착도 깊어졌다.

그리고 몇 달 후.

그녀에게 강아지를 키워보라고 조언해준 친구가 자기 강아지들을 데리고 방문했다. 시골에서 엄마가 올라와서 당분간 자취방에 머물기로 했다는 것이다. 그런데 엄마가 워낙 개를 싫어하는데다가 개털 알레르기까지 있어서 며칠 동안만 강아지들을 맡아달라고 부탁했다.

그녀는 고민 끝에 빚을 갚는 셈치고 흔쾌히 승낙했다. 한편으로는 예삐에게 친구를 만들어주는 것도 괜찮다고 생각했다.

하지만 한 마리도 아니고 강아지 세 마리랑 생활하는 건 그렇게 녹록하지 않았다. 세 마리 모두 너무 명랑하고 활달해서 잠시도 가만있지 않고 방안을 마구 뛰어다녔다. 그녀가 아무리 잔소리를 해도 듣는 시늉도 하지 않고 자기들끼리 뛰어노느라 정신이 없었다. 그러다가도 언제 그랬냐는 듯 세 마리가 옹기종기 모여서 쌔근쌔근 자고 있는 모습을 보고 있으면 너무 귀여워 거짓말처럼 화가 가라앉았다.

그날은 강아지들과의 정신 사나운 동거를 시작하고 이틀째 되는 밤이었다.

자정이 가까워졌는데도 그날따라 강아지들은 지칠 줄 모르고 방안을 뛰어다녔다. 그녀가 신문지를 말아 몽둥이를 만들어보여도 아랑곳하지 않았다. 결국 백기를 든 건, 그녀였다. 저러다가 지치면 자겠지 싶어, 헤드폰을 끼고 낮에 빌린 비디오를 틀었다. 시험 기간이랑 겹쳐 극장에서 보지 못했던 허리우드 공포영화였다.

그녀는 옆에서 강아지들이 뛰어다니든 말든 금세 영화에 집중하기 시작했다. 그렇게 한참을 보고 있는데 문득 너무 조용하다는 느낌을 받고 그새 강아지들이 지쳐 잠을 자나 싶어서 고개를 돌렸다.

뭔가 이상했다.

말티즈 세 마리가 나란히 앉아서 미동도 하지 않고 어딘가를 응시하고 있었다.

세 마리 모두 같은 곳을 바라보고 있었다.

그 시선을 무심코 따라가 보니 천장의 한쪽 모서리, 그곳만 뚫어지게 바라보고 있었다.

처음에는 이 산만한 녀석들이 웬일인가 싶어 신기하게 여겼지만, 몇 분이 지났는데도 여전히 움직이지 않고 한곳만 응시하고 있자 덜컥 겁이 나기 시작했다.

"예뻐야, 얘들아, 왜 그러니?"

그녀는 조심스럽게 강아지들을 불렀다. 하지만 세 마리 모두 꼼짝도 하지 않고 계속 천장 모서리만 바라보았다. 무서워진 그녀는 일부러 언성을 높이며 개들을 불렀지만 그래도 마찬가지였다. 너무 무서워져서 강제로라도 개들을 움직이려고 일어서는데, 갑자기 천장에서 뭔가 쿵 하는 소리가 울렸다.

"악!"

그 바람에 그녀는 자기도 모르게 비명을 질렀다.

비명 소리에 개들도 그때서야 그녀를 바라보았다. 그것도 동시에.

처음이었다.

마냥 사랑스럽기만 했던 개들의 시선이 무섭게 느껴진 것은.

다행히 개들은 다시 꼬리를 흔들며 그녀에게 다가와 재롱을 피우기 시작했다. 그녀도 비로소 마음을 놓고 개들을 안아주었다.

그리고 다음날, 늦잠을 잔 그녀는 개들을 데리고 산책에 나서다가 건물 현관에 모여 있는 입주민들과 마주쳤다.

개중에는 평소에는 잘 보지 못했던 얼굴들도 있었고, 경비 아저씨도 심각한 표정을 짓고 있었다. 건물 입구에는 앰뷸런스와 순찰차도 보였다. 무슨 일인지 궁금해진 그녀는 오가다가 몇 번 인사를 나눈 적이 있는 여자에게 넌지시 물어보았다.

"갑자기 무슨 일이에요?"

"어젯밤에 904호 남자가 형광등에 목을 매고 자살 했대……."

순간 그녀는 지난밤의 일을 떠올렸다.

904호. 개들이 바라보던 천장 모서리가 바로 904호의 위치였다.

갑자기 등골이 오싹해졌다.

간밤에 그녀가 들은 소리는 하중을 버티지 못한 형광등이 시체와 함께 바닥에 떨어지는 소리였던 것이다.

그렇다면 그때 개들이 본 것은…….

웃는 여자

이것은 희창이 재수하던 시절에 겪은 이야기다.

원하던 대학, 학과에 지원했다가 보기 좋게 떨어진 뒤로 희창은 부모님과 상의하여 후기 지원을 포기하고 재수를 선택했다. 졸업하자마자 노량진의 종합학원에 등록하고 나서 한동안은 열심히 학원을 다니며 재수 준비를 했다. 첫 모의고사 성적도 예상보다 좋아서, 재수를 선택하길 잘했다고 여겼다.

하지만 여름이 지나면서 학원에서 사귄 친구들이 늘어나고 동갑내기 여자친구까지 생기자 당연하다는 듯 성적이 바닥을 쳤다. 덩달아 부모님의 잔소리도 늘고 용돈은 줄어들었다. 희창이 반항심에 담배를 피우고 친구들과 어울리며 술을 마시기 시작한 것도 바로 이 무렵이었다.

그러다가 처음으로 사귄 여자친구로부터 다른 남자친구가 생겼으니 헤어지자는 말을 듣고 깊은 실의에 빠졌다. 그 소식을 들은 친구들이 의리를 들먹이며 희창을 위로한답시고 매일 같이 술자리를 만들었다. 잘 마시지도 못하는 술을 매일 같이 들이붓는 것도 쉬운 일은 아니었다. 막차를 놓치고 노량진역 승강장 벤치에서 자다가 역무원에게 쫓겨나는 일도 부지기수였다. 그만큼 처음 겪는 실연의 아픔이 컸다. 설상가상 수능을 앞둔 마지막 모의고사마저 제대로 망쳐버리고 말았다. 자책하는 마음 반, 여자친구를 향한 원망 반, 그렇게 핑계 아닌 핑계를 만들어 작정하고 술을 마신 희창은 늘 그랬던 것처럼 늦은 시각에 자리를 파하고 노량진역으로 향했다.

희창은 비틀거리며 간신히 개찰구를 통과해서 승강장으로 내려가서는 벤치도 놔두고 바닥에 그냥 엉덩이를 깔고 앉아서 열차를 기다렸다. 다행히 막차를 놓치지 않았지만 10분도 넘게 기다려야 했다.

희창은 기다리다 지쳐 꾸벅꾸벅 졸다가 바람을 느끼고 정신을 차렸다. 저만치에서 불빛이 보이더니 열차가 들어오고 있었다. 희창은 엉덩이를 털고 일어서다가 문득 맞은편 승강장에 홀로 서 있는 여자를 발견했다.

몇 분 전만 해도 아무도 없었던 터라 그런지 유난히 눈길이 갔다.

희창은 무례한 행동인 줄 알면서도 여자를 빤히 쳐다보았다.

"어디서 봤더라. 낯이 익은데……."

막연한 느낌이었지만 묘하게 낯이 익었다. 그래서 기억을 더듬어보는데, 희창의 시선을 느꼈는지 여자가 고개를 들었다.

아니, 처음부터 여자는 희창을 보고 있었다.

희창은 왠지 머쓱해져서 수줍게 웃었다.

여자도 배시시 미소를 지었다.

그런데 무슨 까닭일까.

여자의 미소를 보는 순간, 희창은 알 수 없는 위화감을 느꼈다.

웃고 있었기 때문이다.

여자는 미소로 끝나지 않고 희창을 똑바로 쳐다보며 깔깔거리며 웃기 시작했다. 아니, 입 모양은 그랬지만 웃음소리가 들리지 않았다. 마치 마임을 하는 것처럼.

열차가 도착한다는 안내방송이 나왔다.

그사이에도 여자는 계속 웃고 있었다. 하지만 웃음소리는 들리지 않았다.

희창은 왠지 여자가 무서워져서 고개를 돌려버렸다.

이윽고 도착한 열차가 시야를 가려주자 비로소 안도하며

황급히 열차에 올라탔다. 그러고는 여자를 의식해서 반대편 승강장에 등을 보이고 앉았다.

열차가 출발할 때까지 희창은 뒤를 돌아보지 않았다.

창피하지만, 여자가 너무 무서웠기 때문이다.

기분 탓인지 평소보다 열차의 대기 시간이 길게 느껴졌다.

초조한 마음에 희창은 자기도 모르게 흘끗 돌아보았다.

그새 어디로 사라졌는지 여자가 보이지 않았다.

깜짝 놀라 일어나서 승강장 주위를 둘러보았지만 어디에도 여자의 모습은 없었다. 어리둥절해하면서 무심코 계단으로 고개를 돌렸는데 누군가 급히 뛰어내려오는 것이 보였다. 그러자 희창은 지레 겁을 집어먹고 문 뒤로 몸을 숨겼다.

다행히 곧바로 문이 닫히고 열차가 출발했다.

그날 밤, 희창은 꿈에서 그 웃는 여자를 다시 보았다. 그것도 침대 머리맡에서 서서 희창을 바라보며 웃음을 터뜨렸다. 역시, 여자의 웃음소리는 들리지 않았다. 마치 마임을 하는 것처럼. 그렇게 밤새 악몽에 시달린 희창은 비몽사몽인 상태로 일어나 학원으로 갔다.

희창은 친구들에게 그 여자에 대한 이야기를 했다가 왠 헛소리냐며 망신만 당했다. 그래서 입을 다물 수밖에 없었다.

그날부터 희창은 절대로 술을 마시지도 않았고, 이른 시간에 귀가했다. 그리고 이유는 모르겠지만 그 이후로 그 여자를 다시 본 적은 없다고 한다. 어쩌면 술기운에 헛것을 봤

을 수도 있지만, 십 수 년이 지난 지금까지도 그 여자의 얼굴
이 잊히지 않는다고 한다.

마녀

1판 1쇄 인쇄 2014년 9월 10일
1판 1쇄 발행 2014년 9월 15일

각본 유영선
소설 이상민

발행인 김성룡
편집·교정 김은희
디자인 황선정
펴낸곳 도서출판 가연
주소 서울시 마포구 월드컵북로 4길 77, 3층 (동교동, ANT 빌딩)
구입문의   02-858-2217
팩스   02-858-2219

ISBN 978-89-6897-012-2 13810